15년의 짧은 연애

낭만찬

FOREST
WHALE

프롤로그

연애 이야기는 언제나 답이 없다.

사람마다 마음의 모양이 다르니까, 정답도 다를 수밖에 없다. 하지만 그래서 더 아름답다. 그 답 없는 시간을 함께 헤매는 게 사랑이니까.

나는 한 사람과 15년을 연애했고, 마침내 결혼했다. 이별과 재회, 퇴사와 여행, 그 모든 시간을 지나며 서로의 다른 주파수가 조금씩 맞아지는 걸 느꼈다.

그 시간을 한 단어로 표현하자면 '헤맴'이다.
그리고 결혼은 나에게 '해냄'이다.
누군가는 말할지도 모른다.
"그게 그렇게 대단한 일이야?"
그렇지만 나에겐 그렇다. 이 사람과의 결혼이 내 인생의 가장 큰 성취다.

빠르게 흘러가는 세상 속에서 나는 늘 느린 사람이었다. 2시간 영화보다 1분짜리 영상이 더 사랑받는 시대, 나는 15개월의 여행보다 15년의 사랑을 이야기하고 싶었다.

이 책은 그런 느림의 기록이다.
대단하지 않아도, 조금 서툴러도,
나만의 속도로 살아가는 사람의 이야기나.
느린 거북이들에게는 공감이,
너무 빠른 토끼들에게는 잠시 숨을 고르는 위로가
되길 바란다.

목 차

——

Part 2

I WAS

Part 3

HONEY

Part 4

TRAVEL

Part 5

BLOSSOM

Part 6

WE ARE

Part 1

SINCE
2010

첫 만남

"인아! 너 나랑 15년이나 연애할 거라고 생각이나 했니?"

"내가? 너랑? 15년? 설마!"

15년째 나란 남자와 연애 중인 그녀의 대답은 역시나 짧고 선명했다. 짧고 선명함. 그녀를 설명하는 두 단어.

2010년 1월 겨울방학.

영어 학원 강의실 문을 열었을 때 바깥 냉기와는 다르게 열기에 찬 웅성거림이 나를 맞았다. 백 명도 넘는 수강생들 앞 단상에 한 여학생이 수업 전 자신이 외운 영어 한 페이지를 발표하는 중이었다. 사람들 앞에 서는 일이 익숙하지 않은 듯, 그녀의 손끝은 갈피를 잃은 채 목소리는 가늘게 떨리고 있었다.

'긴장 엄청 하네.'

그런데 다음 날도 그다음 날도 그녀는 매일 수업 10분 전 똑같은 자리에서 떨리는 목소리로 발표하고 있었다.

'왜 저렇게까지 하는 걸까?'

궁금했다. 아니, 궁금함보다 더 강한 감정이었다. 멋있다고 생각했다. 저렇게 떨리는데도 매일 나선다는 게.

언젠가부터 나는 수업 시작 20분 전 맨 앞자리에 앉아 있었다.

'오늘은 덜 긴장했으면 좋겠는데'

기다리고 있었지만 그녀는 보이지 않고 단상만 허전하게 비어 있었다.

'어? 왜 안 와?'

그날 이후로 한 달 동안, 교실 문을 열 때마다 그녀를 찾았다. 가슴이 조금 답답했다. 말 한마디라도 걸어볼걸. 매일 응원하고 있었다고 얘기해 줄 걸.

겨울이 지나가고 봄이 왔다.

3월. 새 학기 첫날. 역사학과 3학년인데 난 무역학과 강의실에 앉아 있었다. 적성에 맞지 않아 복수전공을 시작한 첫 수업이었다.

"This class will be conducted entirely in English."

교수의 말에 긴장이 배가 되었다. 영어로만 수업한다고? 주변을 둘러보니 낯선 얼굴들에서 자신감이 넘쳐 보였다. 나만 빼고.

삐걱. 스르륵. 강의실 문이 열리고 심장이 살짝 내려갔다 올라왔다. 그녀다. 문 앞쪽 자리에 앉은 그녀.

'대박! 저 친구 나랑 같은 수업 듣는 거야? 학원에서 안 보이더니 이렇게 만나네!'

속으로 반가워하며 수업이 진행되었고 예상대로 난 원어 수업을 조금도 이해하지 못했다.

"Now, form groups of five"

귀가 쫑긋해지며 조 편성 하라는 말은 유일하게 들어왔다. 보물찾기에서 쪽지를 먼저 발견하고 달려가는 아이처럼 그녀에게 다가갔다.

"저기"

그녀가 고개를 든다.

"저랑 같은 조 하실래요?"

"네?"

"아... 저 사실 2달 전 학원에서 그쪽 발표하시는 거 봤거든요"

"아..."

"학원엔 왜 안 나오세요?"

"학원 다니는데요? 아 상급반으로 올라갔어요"

"아..."

우리는 같은 조가 됐다. 그것도 세 과목이나. 수업 시간표를 보니 월화수목 거의 매일 얼굴을 보게 생겼다. 그것도 '같은 조'라는 합리적인 명분과 강력한 울타리 안에서.

'오호, 시작이 좋은데?'

기대감이 부풀었다. 그런데 그녀는 수업 시작 1분 전에 들어와 마치면 가장 먼저 일어나 교실을 벗어나는 매우 짧고 선명한 사람이었다. 3초. 그녀가 사라지는 데 걸리는 시간. 같은 조라는 이유만으로 가까워지기엔 그녀는 너무 쏜살같았다.

밤에 방 안에 누워 혼자 생각했다. 지금 이 감정이 뭘까? 사랑인가? 호기심인가? 지금 생각해 보면 둘 다였던 것 같다. 분명한 건 하나. 가까워지고 싶었다. 천천히 그리고 자연스럽게.

겨울이 다시 왔다. 손끝이 차가웠던 날, 나는 그녀의 손을 잡고 말했다.

"우리 이제 만나자"

'쏜살'같은 그녀가 향할 과녁

커다란 눈, 형광등에 반사된 눈빛엔 총기가 흐르고
비현실적인 보조개를 탑재한 그녀의 얼굴은 계속 나
의 시선을 잡아끌었다. 무심한 듯 입고 나온 루즈 핏
티셔츠와 배기팬츠는 내 머릿속에서 쉽게 떠나가질
않았다. 그녀를 묘사함에 있어 가장 인상적인 점은
'볼펜 한 자루'.

2010년. 대학교 캠퍼스에서 흔하게 볼 수 있는 여대
생들의 모습. 한 손에는 두꺼운 전공 서적을, 다른 한
쪽에는 가방이 있고 친구 혹은 연인과 팔짱을 낀 채
미소를 머금으며 걸어 다니는 것. 그 당시 전형적인
모습이라 할 수 있다. 그런데 그녀는 달랐다. 가방이
나 전공 서적을 들고 다니는 모습 따윈 본 적이 없고
수업 시간 딱 맞게 도착해서(절대로 지각은 안 함) 의

자에 앉으면 호주머니에 볼펜 한 자루 쓱 꺼내서 교수님을 바라보는 것이 그녀가 이 학교 학생으로서 행하는 유일한 소임이라 여기는 것 같았다. 마치 천재 양궁선수가 헐렁한 옷 아무렇게나 걸쳐 입고 별생각 없이 화살 하나 꺼내서 툭 쏘았는데 명중시키는 느낌이랄까?

강의실 문 앞이 그녀가 늘 앉는 자리였다. 그 이유는 충분히 짐작해 볼 수 있는데 수업이 끝나면 바로 나갈 수 있는 가장 가깝고 편한 위치이기 때문이다. 같은 조였지만 그런 그녀에게 다가가는 건 쉽지 않았다. 같이 다니는 친구가 있지도 않아 보였고 무엇보다 사람에게 큰 관심이 없는 얼음공주 같았기 때문이다. 그저 홀로, 온전히, 예리하게 날아서 꽂히는 화살처럼 부유하고 있었다.

아마 그때부터 생각한 것 같다. 쏜살같은 그녀를 잡을 수 없다면 내가 기꺼이 과녁이 되어야겠다고. 나의 이른바 '과녁 전략'은 간단했다. 그녀가 하고 있는 모든 걸 같이 하는 것. 여기서 핵심은 최대한 자연스러운 개연성과 꽤 긴 시간이 필요할 수도 있다는 점. 우선 그룹의 조장을 자처했다. 보통 한 조에 5~6명의 인원이 있고 나는 그녀와 세 개의 수업 모두 같은 조였기에 팔자에도 없는 조장을 한 학기에 세 번이나 했다.

대학교 조별 과제는 사실 조장의 막중한 책임감과 반드시 존재하는 프리라이더들과의 무언의 줄다리기 싸움과도 같다. 이는 구조저으로 조장에게 매우 불리한 부분이 많기에 대부분 꺼려하는데 나에겐 오히려 기회였다. 나의 목적은 사실 다른 데에 있었으니까.

1차적으로 최대한 좋은 이미지를 얻는 것이 목표였다. 이미 '무임승차자'들은 어느 조, 어느 곳이나 있기 마련이라 옵션으로 제쳐두고 솔선수범해서 과제의 70%를 내가 맡고 나머지 30% 정도를 3명의 조원에게 부담스럽지 않게 배분하였다. 포인트는 미소와 여유로움을 유지한 채 좋은 결과로 이어지게 하는 것.

나의 불순하고도 성실한 과녁 전략은 꽤나 효과적이었다. 리더와 농땡이들의 치열한 아수라판 속에서 냉

19

랭한 다른 조들과는 달리 우리 조는 평화로웠다. 화목한 분위기 속에서 결과물은 단연 좋은 점수를 받았다.

"수고했어요 우리 조장님!"

조원들은 조장인 나에게 최고의 리더라는 찬사와 함께 엄지척을 해주는 쾌거가 따라왔다. 이젠 내 차례다. 보상받을 차례. 수개월 멈춰있던 과녁이 드디어 화살을 향해 한발 움직일 차례.

"정인 씨, 우리 고생했는데 밥 한 끼 먹어야죠!" 사심이 없는 듯 경쾌한 말투, 기름기 쫙 뺀 톤. 이성으로서가 아닌 고생한 조장으로서 건네는 건강한 제안. 한 학기 동안 생고생하면서 이 한마디 건네기 위해 켜켜이 쌓아온 발칙한 빌드업이 작동하는 첫 순간이었다. 누군가 말했었다. 제안은 거절을 할 수 없을 때 하는 것이라고. 사람이면 이거 거절하기 매우 힘들다.

"먹어야죠! 제가 살게요!"

생각보다 너무 흔쾌히 수락하는 그녀였다. 그날 단둘이 저녁을 먹었고 그 이후로 난 그녀가 하고 있는 봉사활동, 토익 스터디, 공모전에 이르기까지 묻지도 따지지도 않고 무조건 같이했다. 최대한 자연스럽게 마치 나도 막 그런 활동들을 하려던 사람인 것처럼 필연을 가공해 나갔다.

그렇게 1년 가까운 시간이 흘렀다. 100m 떨어져 있던 과녁은 어느새 1m 앞에 있다. 눈을 감아도 명중시킬 수 있는 거리. 지금이다. 과녁이 화살에게 다가가 꽂히는 타이밍!

2010년 12월 01일. 토익 스터디를 함께 끝내고 데려다주는 그녀의 집 앞. 심호흡 한번 크게 하고 씩씩하고 담백하게 고백했다. 살짝 당황한 듯 그녀의 손이 우물쭈물 꼼지락거리고 난 그 손을 냉큼 잡아버렸다. 우린 그렇게 연인이 되었다.

손 대신 손톱

그녀의 손을 잡고 연인이 됐다. 우주를 얻은 기분이었다. 하늘에 달과 별이 우리를 위한 핀 조명을 쏘아주고 있었고, 난 맞잡은 손을 도무지 놓아줄 생각이 없었다. 손에선 핫 팩을 쥔 것 같은 열감이 온몸을 휘감았고 심장은 층간 소음 따윈 알 리 없는 아이처럼 눈치 없이 쿵쿵대고 있었다.

흡사 영화 '러브 액츄얼리'를 연상케 했던 그녀의 스케치북 이벤트는 내 마음을 녹였고, 2월 요금 청구서에 찍힌 33만 원이란 숫자가 우리의 핸드폰이 얼마나 뜨거웠는지를 가늠케 했다. 추운 겨울, 따뜻했던 우리의 계절은 더운 여름으로 향했다.

우린 소위 말하는 캠퍼스 커플이지만 학과도 달랐고 무엇보다 그녀가 휴학을 하는 바람에 정작 캠퍼스의 낭만을 많이 즐기진 못했다. 하지만 그게 뭐가 중요한가? 내가 그녀라는 우주를 얻었는데. 아니, 얻었다고 생각했는데... 시간이 거듭될수록 그녀를 향한 나의 마음은 점점 더 깊어져갔고 그만큼 애정표현도 더 많이 하게 되었다.

더운 어느 여름날, 그녀와 난 걷고 있었다.
"인아, 우리 손잡고 가지!"
"좀 덥네"
"아 그래? 그래도 우리 손잡고 가자"
"아... 좀 많이 덥네"
"그래서 어떻게 하고 싶어? 손잡지 마?"
"아니 손 대신 손톱 잡을까?"

조금 당황스러웠다. 하지만 우주를 거역할 수가 있나? 사랑 앞에서 넓은 우주 속 소행성이 되어버린 난 그녀의 새끼손톱을 잡고 걸었다. 손과 손톱의 면적 비율만큼 나와 그녀의 마음의 크기가 비례하는 것 같은 느낌이 들었다.
'사실 나도 더운데'

그래도 난 너와 손을 잡고 걷는 게 좋은데 넌 아닌가 보다. 속으로 생각했다. 꽤나 서운했지만 내색하지 않았다.

또 다른 어느 주말.

그녀의 집에서 대중교통으로 한 시간 정도 거리에 있던 난 집에서 꽃단장하며 콧노래를 흥얼거렸다. 그 날은 유난히도 더워서 샤워하고 나오자마자 5초 만에 땀으로 또 한 번 샤워를 해야만 했다. 그녀의 집으로 향하는 버스를 타고 가는 길에 오늘은 뭘 먹고 뭘 하며 데이트를 할까 고민했다. 생각만 해도 기분이 좋아서 입꼬리가 올라갔다. 그녀의 집 앞에 도착하고 잠시 후 그녀가 나왔다. 우리는 아파트 단지를 한 바퀴 걸으며 미리 생각해 둔 맛집과 데이트 장소를 주저리주저리 말해주었다. 조용히 듣고 있던 그녀가 이윽고 꺼낸 한마디.

"찬이야 너무 덥지 않아? 미안한데 나 오늘 그냥 집에서 쉬고 싶어 나 집에 가도 돼?"

"어? 많이 더워? 얼른 들어가. 나도 오늘은 너무 더운 것 같다."

5분. 우리가 함께한 시간.
5분간의 아파트 단지 데이트를 마치고 난 혼자 걷기만 했다. 하염없이. 뭔가 모를 관계의 불균형이 시작되고 있음을 애써 외면하려 계속 걸었다.

그런 불균형과 오해는 시간이라는 무게에 눌려 소금씩 균열이 발생하고 있었다. 콘크리트보다 견고했던 우리가 쌓아 올린 건물의 내구연한은 3년이란 기간 앞에서 한계 표지를 노출하기 시작했다.

탈 락

"정인아, 내 소원은 우리 결혼해서 아파트에서 함께 살면서 같이 밥을 먹고, 같이 시간을 공유하고 때론 드라이브를 나가는 그런 삶을 사는 거야"

여느 때처럼 데이트를 하고 그녀를 데려다주는 길, 난 너와 함께하는 미래를 꿈꾸고 있음을 말하고 있었다. 부푼 마음으로 그녀의 대답을 약간은 기대했다. 우리의 걸음은 그녀의 아파트 단지 안 놀이터로 옮겨졌다.

"너는? 너의 미래는 어떤 거야?"
"나? 나는 사실 미래나 소원보단 당장 올해 안에 어떻게든 취업을 하는 게 목표야!"

"그게 다야?"

"일단 지금은 그것만 생각하려고!"

대학교 졸업반이었던 우리 둘은 취업이란 숙명 앞에서 자유로울 수 없었다. 2013년 초 그녀는 졸업과 함께 입사를 하게 되었고 난 그해 말까지 구직을 하지 못해 졸업을 유예하는 시기를 가져야만 했다.

「아쉽게도 서류전형 결과 탈락하였음을 알립니다. 지원자님의 역량이 부족한 것이 아니라 저의 기업과 방향이 맞는 사람을 선발하고자 했습니다. 관심 가져 주셔서 감사합니다. 귀하의 앞날에 항상 행복이 가득 하시길 기원합니다.」

120여 개의 입사 지원서를 넣었고 그때마다 난 저 답장을 받아야만 했다. 운이 좋게도 서류를 통과하고 면접을 봤던 10여 개의 회사마저도 결국엔 날 허락해 주지 않았다.

탈락이래. 근데 나의 역량이 부족한 건 아니래. 그러면서 나의 행복을 기원한대.

100개가 넘는 회사가 내뱉는 똑같은 말. 나의 자존감을 유지하는 것은 쉽지 않았다.

그녀는 직장 생활을 하느라 연락하는 시간도, 데이트를 할 수 있는 날도 확연히 줄어들었다. 조급했다. 내가 꿈꾸는 미래에 자꾸 그녀가 없어지게 될까 봐 너무나 두려웠다. 그런 불안한 심리 상태는 우리의 관계를 좋게 만들 리 없음에도 난 그녀에게 확신을 요구했다.

"너의 미래에는 내가 있어?"
"…"
"나 너무 불안해"
"잘될 거야!"

불안함과 초조함은 나를 갉아먹었지만 원동력이 되기도 하였다. 1년간의 취업 준비생 딱지를 떼고 2013년 겨울, 다행히도 취업에 성공했다. 이제 됐다! 다시 꿈꿀 수 있겠다는 안도감과 주변인 시절을 함께 견디며 북돋아 주던 그녀에게 떳떳한 사회인이자 남자친구로 제대로 옆에 설 수 있겠다는 생각에 행복했다.

기쁜 마음으로 1달간의 신입사원 연수 기간을 정신 없이 보내고 다시 돌아와 그녀를 만났다. 우리가 자주 가던 커튼을 칠 수 있는 칸막이 카페. 늘 앉던 자리. 늘 시키던 녹차 라떼. 모든 게 그대로였다. 그녀의 표정을 제외하며...

오랜만에 만난 그녀는 고개를 숙이고 있었고 한참을 침묵했다. 왜 그러는지, 무엇이 문제인지 알 수 없었던 나는 이내 곧 그녀가 할 말을 직감했다. 100여 개의 탈락 결과에서 학습된 차가운 공기가 숨죽이게 만들었다.

"우리 이제 그만 만나자"

여기까지래.
근데 나의 사랑이 부족한 건 아니래.
그러면서 내가 행복하길 바란대.
그렇게 그녀는 눈물을 흘리며
나에게 이별을 말했다.

Part 2

I WAS

우주 미아

"명찬 씨! 입사한 지 얼마 됐다고 지각을 몇 번이나 하는 거예요? 그리고 어제 메일로 협력업체에 실석 현황 보내라고 했는데 보냈어요?"

"죄송합니다."

"어디 아파요?"

"아닙니다. 열심히 하겠습니다."

치열한 경쟁률을 뚫고 취업에 성공한 나는 입사와 함께 길을 잃고 헤매고 있었다. 연수 기간에 신입사원 대표를 자처하며 기대를 한 몸에 받았던 순간이 무색할 만큼 한 달도 채 되지 않아 방황하는 골칫덩어리가 되어버렸다.

업무를 하다가도 예고 없이 목젖과 턱이 부르르 떨

렸다. 키보드 위에 눈물이 뚝 뚝 소나기처럼 떨어졌다. 누가 그런 나를 볼까 봐 파티션 안으로 숨어 얼른 눈물을 닦고 옥상으로 올라가 참았던 눈물을 쏟아냈다. 퇴근을 하면 매일같이 술을 마셨다. 이기지도 못하는 술을 지기 위해 마셨다. 누구나 다 하는 이별인데, 헤어짐의 경험이 처음도 아닌데 그전과는 비교할 수 없을 만큼의 상실감이 나를 통째로 집어삼켰다.

어느 수요일, 여느 때처럼 퇴근하고 친구들과 술을 마시러 갔다. 저녁부터 계속 마신 술이 내일을 잊게 해주는 것 같았다. 그렇게 새벽까지 난 그들을 놓아주지 않고 계속 마시다 결국 그날도 정신을 잃었다. 입사한 지 몇 달 되지도 않았는데 매번 술 마시고 다음 날 회사에 지각을 하던 나를 알기에 친구들은 아예 택시를 태워 회사 문 앞에 가지런히 놓아두고 각자의 집으로 갔다. 회사 앞 길가에서 잠들어 있던 나를 발견한 경비 아저씨께서 잠겨있던 회사 문을 열어 사무실 안으로 부축해 조금 더 숙면하기를 도와주셨다.
아침 9시.
"이 대리! 명찬이 오늘 출근했어?"

"예... 출근 기록은 찍혀있고 가방은 있는데 안 보이네요"
"아침 회의 있으니까 보이면 회의실로 바로 들어오라고 해"
"예 팀장님"

이 대리님으로부터 부재중 통화 13건.
회사 옥상 소파에서 술에 취해 잠들어 있던 니.
"이 새끼! 너 여기서 뭐 하고 있어! 회사가 장난이야?"
"여기 어디예요?"
"이놈 이거 아직 정신 못 차렸네!"

그때 깨달았다. 나 망했구나.

슬픔의 상자 속에 갇혀 다른 사람들에게 민폐만 끼치고 있는 못난이. 우주를 잃고 목적지 없이 둥둥 표류하는 우주 미아가 되어있었다. 누구도 날 구해주지 못했다. 이별의 아픔엔 시간이 약이란 말도 와닿지 않았다. 내가 있는 곳은 시간마저 빨아들이는 블랙홀 속이었으니까.

사정없이 내리꽂는 기억들은 하나같이 내 심장을 관통했고 과녁이 되고자 했던 나는 그 고통 앞에 속절없이 아파해야만 했다.

시간아 네가 틀렸다.
나는 하나도 괜찮지 않다.

웜 홀

 그녀와 헤어진 지 7개월이 흘렀다.

 이별을 통보받고 3주 만에 9kg이 빠졌디. 다이어트
가 목적이라면 어떤 GYM보다 효과가 빠르고 좋은
짐이 '헤어짐'이라는 말을 몸소 체감했다. 일부러 안
먹는 것도 아닌데 체중은 계속 줄어들어 60kg 밑으
로 떨어졌고 몸에 힘이 하나도 없었다.

 그보다 더 힘든 건 7개월 동안 단 한 번도 시원하게
웃어 보질 못했다는 것. 쾌활하고 밝은 성격이라 웃음
도 많았는데 아무리 재밌는 예능 프로그램을 보아도
웃음이 잘 나오지 않았다. 주말이면 방구석에 틀어박
혀 하루 종일 멍하게 천장만 봤다. 이따금 그녀의 메
신저 프로필 사진이 업데이트되면 가슴이 철렁 내려
앉으며 얼른 핸드폰을 치워버렸다.

잠이 들면 꿈에선 그녀가 나왔다.

꿈에서만큼은 우리는 아직도 연인이었다. 손을 잡고 있었고 그녀의 옆자리에 내가 있는 모습이 당연했다. 그 시절 잠꼬대를 유독 많이 했었다. 잠을 자는데 끙끙 앓고 있어 가족들이 나를 흔들어 깨우며 걱정을 많이 했었다고 한다.

완벽한 블랙홀 속.

과거의 늪에 빠진 캄캄한 블랙홀. 그 안에 나의 기억, 시간, 모든 걸 남겨두고 몸만 현실을 살고 있었다.

TV를 보다가 재미가 없어 전원 버튼을 누르니 꺼진 화면 속에 남자 한 명이 비친다. 리모컨을 든 채 웅크리고 앉아 있다. 왜소하고 초라하게. 그 남자가 나를 보며 자기를 구하지 말라고 눈짓한다. 어두운 화면 안에 그냥 머물고 싶어 한다.

눈물이 났다. 저 사람 내가 꺼내줘야겠다.

나 말고는 아무도 저 사람을 구할 수 없다. 블랙홀 속에 갇혀있는 나에겐 새로운 세상으로 내뱉어질 '웜홀'이 필요했다. 더 이상 이렇게 살 순 없다. 방치하다 못해 내가 나를 망가뜨리는 꼴을 멈추자 이제.

웜홀에 다가가기 위해서 가장 먼저 외모를 바꿔야 했다. 회사 근처 헬스장을 등록하고 퇴근 후 술 대신 운동을 하러 갔다. 강남에 연예인들이 받는다는 눈썹 문신도 받았다. 청담동 샵에서 헤어스타일도 바꿨다. 의도치 않게 살이 빠지는 바람에 웬만한 옷들이 꽤 잘 어울려서 의도치 않게 옷도 많이 샀다.

멘탈을 치유하기 위해 약을 찾듯 책을 읽었다. 그 당시 읽었던 책이 내 평생 읽은 책보다 2배는 많을 것이다. 심리학, 철학, 종교, 연애 소설 할 것 없이 닥치는 대로 읽었다. 내 마음에 조금이라도 위안을 주거나 다친 마음을 아물 수 있게 하는 책이라면, 더운 여름 등산 후 마시는 얼음물처럼 벌컥벌컥 읽었다.
책을 읽을 수 없으면 명상 음악을 틀어놓고 흩어져 있던 정신을 하나로 모으며 마음을 달래기 위해 노력했다. 법륜 스님의 '즉문즉설' 강연도 도움이 되었다. 거기서 들었던 가장 인상적인 부분은 사랑을 반달과 온달에 비유한 말씀이었다.

"사랑이란 반달과 반달이 만나서 하나의 둥근 온달
이 된다고 생각하지만, 사실은 크고 작은 각각의 온달
이 만나 포개어지는 겁니다."

저릿했다.

'반달과 반달은 아무리 완벽하게 만나도 금이 있지
만, 크고 작은 온달은 크기에 차이는 있을지언정 틈이
생기진 않는 거구나!'

맞다. 난 온달이 되지 못했다. 독립적이고 온전하게
내가 하나의 둥근달이 되어야지 제대로 사랑할 수 있
겠구나.

여러 권의 책에서 진정한 사랑을 얘기할 때 결국에
모아지는 하나의 맥락이 있었다.
'자유'.
나와 상대방이 각각 하나의 독립된 인격체로서 자

유롭게 존재하고 그 존재를 온전히 받아들이는 것. 주변의 시선에서 탈피한 채 서로가 주인공이 되는 호르몬의 작용.

'사랑에 빠질수록 혼자가 되어라'

그 말이 이해되는 순간 난 웜홀에 들어갈 준비를 마쳤다.

어느 주말, 친구에게서 전화가 왔다.

"야 너 또 집에 있지? 지금 나와. 나랑 갈 데가 있어"

"어디? 뭐 하려고?"

"나랑 같이 가보면 알아. 징징거릴 시간 없어 빨리 나와"

친구가 데려간 곳은 새로운 세계였다.

난 웜홀 속에 있었다.

화이트 아웃

"이제 좀 괜찮냐?"

"어? 어어..."

"오~ 머리 스타일도 바뀌었네. 신발 깨끗한 거 가져왔어?"

"어 가져오긴 했는데 뭐 하는데?"

"그럼 됐고, 잔말 말고 오늘은 나 따라오기만 해"

중심가에 위치한 낡아 보이는 5층 건물. 간판도 없다. 엘리베이터가 4층에 '띵'하고 멈춘다.

'뭐야 하필이면 불길하게 4층이야. 신발은 또 왜 가지고 오라는 거야.'

속으로 삐죽삐죽 불평을 하고 있었다. 유달리 그날 따라 미소를 머금은 채 어딜 가는지 알려주지도 않고

자꾸 따라오기만 하라고 하는 친구의 행태도 영 불만
이었다.

  엘리베이터 문이 열린다. 경쾌한 재즈풍의 음악이
흐른다. 은은한 주황빛 조명과 그 빛에 반사되어 반지
르르한 마룻바닥. 마치 볼링장 레인처럼 미끄럽다. 누
가 봐도 신발을 갈아 신고 들어가야만 할 것 같은 곳
이라 가지고 온 신발을 꺼냈다.

  "오 '깐풍 새우'님 오늘은 좀 일찍 오셨네요?"
  "네 오늘 제 친구도 데려왔어요"
  "아 안녕하세요~ 스윙 처음이세요?"
  "네? 스윙이요?"

  스윙? 박진영의 '스윙 베이비' 밖에 모르는 나에게 스
윙이 처음이냐고 묻는다. 아무런 사전 지식 없이 친구
따라 강남 가듯 왔기에 어리둥절 바보같이 대답했다.

  "야 여기 뭐 하는 데야?"
  "여기 스윙 댄스하는 곳이야 재밌어."

"아 뭐야 춤추는 곳이야? 나는 그냥 갈래"

"오늘 한 번만 그냥 구경한다 생각하고 놀다가 가자. 정 안되면 한 시간 후에 같이 나가자"

고등학교 나의 소울 메이트. 치열한 입시 경쟁 속 학교에서 야자를 하며 빠듯한 시간을 보내던 와중에도 이 친구는 내가 보기에 항상 여유가 넘치고 해맑은 미소가 장착되어 있는 녀석이었다. 학창 시절에도 운동장을 산책하며 이런저런 넋두리를 많이 늘어놓기도 하고 그만큼 추억도 많았다. 공교롭게 대학도 같은 학교로 오게 되어 더 친밀해졌는데 우울감에 빠져 있던 나를 환기시켜 주고 싶었던 모양이다.

"야. 너보고 깐풍 새우라는데? 그거 뭐야?"

"아 닉네임 지어야 해. 맛있잖아 깐풍 새우! 너도 만들어"

"뭐야 그게 유치하게"

저녁 8시.

조명이 조금 더 어둡게 바뀌며 음악의 템포는 조금

더 빨라진다. 사람들이 어느덧 급격하게 많아져서 뭔가 본격적으로 시작하는 느낌이 밀려온다. 그러고는 음악에 맞추어 남녀가 짝을 이뤄 미리 연습이라도 한 듯 스텝을 밟으며 춤을 춘다.

어색하고 당황스럽다.
'이 분위기 뭐야? 저 사람들은 원래 알고 있던 사람들인가? 그렇진 않은 것 같은데. 왜 이렇게 다 잘 추는 거지?'

춤을 추는 사람들의 얼굴 표정을 봤다. 나만 빼고 모두 행복 열매를 먹고 온 듯 그들의 눈가와 입꼬리가 경쾌한 스텝과 함께 즐겁게 요동치고 있다. 나 혼자 집구석에 박혀 궁상맞게 울부짖고 있었구나. 주말 저녁에 다른 사람들은 이렇게 행복한 시간을 보내고 있는데

여기가 내가 찾던 '웜홀'인가? 어쩌면 이곳은 나를 다른 세상으로 이끌어 줄지도 모른다는 생각이 들었다. 나도 저 표정 지어 봐야겠다!

어느새 내 친구 '깐풍 새우'도 많은 사람들 속에 녹아든 채 스윙 댄스를 즐기고 있었다. 춤을 배운 지 한 달 조금 넘었다는데 꽤 그럴듯하게 추는 것처럼 보였다. 이윽고 친구가 다가와 나에게 물었다.

"야 아직도 좀 별로야? 집에 갈래?"
"아니 나 이 춤 배워보고 싶어"
"맞지? 재밌을 것 같지? 저기 우리가 들어왔던 입구에 가서 물어보면 강습 등록할 수 있어"

무엇에 홀린 듯 프런트 쪽에 가서 쭈뼛댔다.

"아~ 깐풍 새우 친구님 맞으시죠?
"네 저... 저도 강습 등록하고 싶어요"
"아 네 재밌으실 거예요. 닉네임은 뭐로 하시겠어요?"
"닉네임이요? 음... 화이트아웃. 화이트아웃으로 할게요"
"오 멋지네요. 등록해 드렸고 매주 토요일 저녁에 강습 있으니까 오셔서 스윙 강습 받으시고 지금처럼 저녁 시간에 자유롭게 배운 내용 활용해서 즐기시면

됩니다."

'화이트아웃'.

눈이나 모래 같은 것들로 인해 한 치 앞도 보이지 않는 백시 현상을 일컫는 말이지만 나에겐 조금 다른 의미가 있었다. 어둠 속 블랙홀을 빠져나와 스윙이란 웜홀을 통해 새하얀 세상 밖으로 나오고 싶다는 마음. 그 찰나에 떠오른 생각이었다.

그로부터 2달 후 난 스윙 댄스 공연을 준비하게 되었다. 매주 정기 강습뿐만 아니라 공연을 준비하는 사람들은 틈틈이 평일에도 저녁 시간에 보충 연습을 진행하느라 여념이 없었다. 헤어진 후 술 대신 헬스를 다니고, 살이 빠진 덕에 몸이 가벼워져서 스윙 댄스에는 꽤 적합한 체형이 되어 더 적성에 맞는 것 같았다.

아직도 기억나는 그해 가을 일요일 낮 2시.
그날도 난 공연을 연습하느라 폰을 가방에 넣어두고 음악을 틀어놓은 채 동료들과 합을 맞추고 있었다.

시끄러운 음악과 동료들의 말소리. 거기에 더해진 주
변의 소음들.

'ㅈㅈㅈ즉 ㅈㅈㅈㅈ즉'

소음 사이로 들리는 진동 소리. 내 가방 속 핸드폰
소리가 유난히 귀에 크게 들렸다. 화장실 가는 척하고
폰을 확인했다. 동공이 얼어붙었다.

10개월 만에 온 한 통의 메시지.
발신인은 여전히 ♥ MY인 ♥.

개기일식

그녀와 헤어졌던 약 10개월.

그 시간 동안 난 조금씩 나를 알아갔다.

그녀라는 태양 빛에 가려 잘 보이지 않던 나라는 둥근 달은 동트기 전 가장 짙은 밤이 되니 제빛을 찾기 시작했다.

'차라리 그녀를 지금 처음 만났더라면 우리가 좀 더 괜찮은 연애를 할 수 있었을 텐데'

그런 생각을 할 만큼 나는 분명 온전해지고 있었다. 정월대보름 같은 동그란 달에게 동이 트게 해달라고 소원을 빌었다. 태양 빛에도 사라지지 않는 나만의 달빛을 이제야 가졌으니 어떻게든 다시 마주하길 고대했다. 이제는 내 빛을 유지할 자신이 있었다.

그러기 위해선 내가 충분히 잘 지내고 있음을 드러내야 했다. 난 메신저 프로필 사진과 SNS에 나의 공연 소식을 게시했고 가장 밝고 환하게 웃고 있는 사진을 함께 올렸다. 전체 공개였지만 사실 다른 사람은 다 못 봐도 그녀는 봐주길 희망했다.

"안녕! 요즘 춤바람 났다며?"

10개월 만에 온 그녀의 문자 메시지.
심장이 쿵쾅거렸지만 난 바로 답장하지 않았다. 공연 연습이 모두 끝난 4시간 후 마치 이제야 확인한 듯 아주 태연하고 생기 돋게 그녀에게 답장을 했다.

"오 오랜만이네! 맞아. 요새 스윙 댄스 배우는데 재밌어. 너도 시간 되면 나 공연하는데 놀러 와"

녹슬어 있던 우리의 대화창은 차츰차츰 이어지기 시작했다. 하지만 이젠 더 이상 그녀의 답장을 기다리거나 나침반의 끝이 그녀에게만 향하진 않았다. 전과는 달라진 나의 모습에 그녀도 부담을 덜 느끼는 것 같았다.

조금 편해진 우리의 관계 속에서 그녀는 나의 공연을 보러 와주었고 그렇게 우린 균형을 잡아갔다. 서두르지 않았다. 그녀와 즐거운 시간을 보내는 것에만 집중하려 했다. 둘 다 직장인이 된 우린 주말이면 기차를 타고 패러글라이딩을 하러 가거나, 바다로 스쿠버다이빙 교육을 받으러 가기도 했다. 이러저러한 것을 생각할 겨를 없이 그저 재밌게 그녀와의 시간을 보내는 것에만 집중했다. 하늘에서 바다까지 위아래로 돌아다니며 취업하면 그녀와 해보고 싶었던 것을 이제서야 해나갔다.

"정인아? 나 회사에서 광안리 불꽃 축제 유람선 티켓 2장 받았는데 혹시 생각 있어?"
"나? 너랑 둘이?"
"응! 너 시간 안 되면 친구랑 가면 되니까 부담되면 안 가도 됨"
"음... 좋아 가지 뭐"

하늘 아래 두 개의 태양은 뜰 수 없지만 태양과 달은 원래 같이 떠 있는 것! 태양이 떠 있는 대낮에도 자세히 보면 달 역시 은은하게 자태를 보이는 날이 있다.
오늘이 그런 날이다. 난 이제 새로운 빛으로 너에게
다시 간다.

그날의 광안리 바다.
불꽃이 아름답게 펑펑 밤하늘을 수놓고,
바다 한가운데 유람선.
그 위에 서 있는 우리.

"우리 지금 뭐야? 썸 타는 거야?"
"아니 썸은 좀 전까지 충분히 타고 있었고 지금은
고백하기 직전 순간이야"
"응?"
"나 다시 너랑 만나고 싶어."

도망가기엔 너무 바다 한가운데
거절하기엔 불꽃은 너무 아름답고
뒤에서 그녀를 안아주기에 완벽한 시공간.

달이 태양에게 완전히 포개어지는 순간.

우리는 다시 시작했다.

Part 3

HONEY

생각하지 않는 너를 생각해

15년을 함께 하고 있지만 나는 그녀를 설명할 수 없다. 그녀를 설명하기엔 그녀는 다채롭고 입체적이며 조금 이상하다. 그리고 무엇보다 그녀가 자기 자신을 어느 하나로 규정짓거나 판단하는 것을 그다지 내켜하지 않는다. 그래서 나는 그냥 그녀를 생각할 뿐이다.

오늘도 여느 때와 마찬가지로 그녀는 소파에 누워서 큰 눈을 깜빡거리고 있다. 스마트폰이나 TV를 보는 것도 아니다. SNS를 하지도 않는다. 그냥 말 그대로 가만히 누워있다.

그런 그녀를 보고 있으면 그녀의 눈에서는 총명함이 느껴진다. 하지만 허무하게도 그런 찬란한 눈빛과는 대비될 만큼 그녀는 아무런 생각을 하고 있지 않다.

'무슨 생각해?'

　지금까지 수백 번은 했던 것 같은 질문. 거의 90%
이상은 정말이지 아무런 생각을 하고 있지 않았다. 나
는 그녀의 이런 상태를 '초절전 모드'라고 지칭한다.

　'사람은 생각하는 동물'이라고 했던가? 그렇다면 그
녀는 '아주 사람'이 되기엔 조금 무리가 있다. 늘 화수
분처럼 나오는 생각들의 무게에 짓눌려 사는 나와는
대조적으로 그녀의 머릿속은 군더더기 없는 '미니멀
라이프'이자 폴더 없는 휴지통 비움 상태의 깨끗한
컴퓨터 바탕화면이다.

　그렇다고 그녀가 몰상식하다거나 지능이 떨어진다
는 의미는 결코 아니다. 오히려 완전히 그 반대이다.
그동안 지켜봐 온 그녀는 상식 밖의 행동을 한다거나
남에게 피해를 끼치는 행위를 하는 모습을 본 적이
없다. 또한 메타인지 기능이 발달되어 본인의 능력이
나 호불호를 정확하게 파악하고 있다. 다만 생각을 많
이 하지 않기에 기억들을 되뇌는 과정이 자주 일어나

지 않아 꼭 기억해야 하는 것들만 제외하곤 거의 기억하지 못할 뿐이다.

너는 마치 고급 사양의 CPU에 메모리 카드가 없는 컴퓨터 같다고 내가 종종 얘기하면 그녀는 그냥 한번 피식 웃으며 암묵적 수긍을 하는 모양새다.

우리가 다시 만나고 한참 동안은 묻지 않았다.
우리가 왜 헤어졌었는지, 헤어지고 어떻게 지내고 있었는지, 너도 나만큼 많이 힘들어했는지.
그냥 다시 이렇게 손을 잡고 만나는 것에 감사함을 느낄 뿐이었다. 그녀에게 우리가 헤어져 있던 기간의 메모리 카드가 아프게 다가올까 봐 생각하지 않기를 바랐는지도 모른다.

한번은 영화 '이터널 선샤인'이 극장에서 재개봉을 한다는 소식을 들었다. 멜로 영화를 그다지 좋아하지 않는 그녀지만 내가 꼭 극장에서 다시 보고 싶은 영화였기에 설득해서 함께 보러 갔다. 역시나 좋은 영화였다. 감상을 마치고 극장을 나오는데 그녀가 한참을 말없이 울고 있었다.

마음을 진정시킨 후 우리는 그날 밤 천문대에 별을 보러 갔다. 별을 보기 위해서라기보다는 드라이브 코스로 야경이 좋기도 하고 헤어져 있던 시간 동안 수없이 쳐다봤던 밤하늘이었기에 별을 핑계 삼아 이런저런 얘기를 하고 싶어서였다.

"나랑 헤어져 있던 시간 동안 어떻게 지냈어?"

초절전 모드가 해제된다.
컴퓨터에 메모리카드가 장착되는 순간 그녀의 눈에는 다시 눈물이 맺히기 시작한다.

"일이 많기도 했는데 일부러 더 바쁘게 지내려고 노력했어. 조금이라도 공백의 시간이 생기면 슬픈 감정이 자꾸 밀려오는 것 같아서. 그리고 나 사실 실버타운 알아봤어"
"응? 실버타운? 거긴 왜?"
"너랑 헤어지고 난 나라는 사람의 미래에 대해 생각

이란걸 해봤거든"

"근데 왜 실버타운이야?"

"한 해씩 나이가 들어가면 나도 그렇고 상대도 그렇고 쌓이는 경험과 함께 상대에게 온전한 마음을 주는 것이 쉽지 않잖아. 확률적으로 너만큼 나를 좋아하는 사람 만나기 어려울 것이라고 생각했어. 뭐 이후에 누군가와 보통의 연애는 할 수 있겠지. 너랑 만나면서 진심으로 대하는 것이 어떤 건지 경험했는데 나를 적당히 좋아하는 사람과 미래까지 고민한다? 그보다는 혼자서도 확실하게 잘 살 수 있는 실버타운을 선택해야겠다고 생각했어"

눈물이 그렁그렁 맺힌 상태로 진지하게 말하는 그녀, 미안하지만 웃음이 났다. 실버타운을 알아봤다니. 역시는 역시구나. 아직 30살도 안 된 친구가 실버타운에 갈 생각을 했다는 것이 참 그녀다웠다.

"그래 정인아. 이제 실버타운 가지 말고 나랑 검은 머리 파뿌리 될 때까지 이렇게 사랑하자"

"그래 아무래도 그게 더 좋을 것 같아!"

메모리카드가 뽑힌다. 그녀는 다시 초절전 모드로
돌아간다. 여전히 그녀는 생각을 잘 하지 않는다. 그
리고 더 이상은 우리가 헤어진 시간의 메모리 카드가
그녀의 눈물 버튼으로 이어지진 않는다.

나는 오늘도 알지만 물어본다.
"정인아 무슨 생각 해?"
"니? 아무 생각 안 하는데"

꿀벌론

직장 생활 각각 3, 4년 차에 접어든 나와 그녀.

우리는 겉으로 봐서는 제법 직장인스러운 모습이 되어 있었다. 특히 나의 경우 야근이 매우 잦아서 퇴근하고 집에 오면 밤 10시는 넘기는 게 부지기수였다. 그럼에도 불구하고 놓칠 수 없는 건 그녀를 잠깐이라도 보는 것!

하루 종일 쌓여있는 업무, 스트레스, 여러 갈등 상황. 그럼에도 퇴근하고 그녀를 한 번 보면 충전이 됐다. 신기했다. 잠이 쏟아지고 피곤이 몰려와도 그녀를 보는 게 좋았다.

어느 평일 밤. 그녀의 집 앞 카페는 늦게까지 운영을 하는 곳이라 자주 가곤 했다.

"정인아 나 오늘 일 진짜 많았어"

"아이고 수고했어, 나는 오늘 나름 여유 있었는데 이를 어쩌나?"

"뭐야~ 일도 여유 있고, 옷도 노란색 검은색 체크 패턴 블라우스에 무슨 꿀벌이야?"

"괜찮지 않아? 오늘 패션은 내 인생 모토 '꿀벌처럼 살자'와 맞닿아 있잖아"

그날따라 유난히 꿀벌 같았던 그녀. 공교롭게도 꿀벌에 대해 남다른 철학과 소신을 가진 걸 처음 알았다. 이는 지금까지도 그녀의 삶에 중요한 영향을 미치고 있는데 이른바 '꿀벌론'이다.

그녀의 말을 빌리자면 이렇다.

우선, 꿀벌들은 자기 자신들이 좋아하는 꿀을 먹는 일을 한다. 그 행동 자체가 꽃들의 수분이 이뤄지는 데 유익한 도움도 된다는 것. 즉, 그녀도 자기가 좋아하는 일을 하면서 기왕이면 그 일과 행동이 자연이나 주변에 유익한 도움을 줄 수 있는 것이면 좋겠다는 의미였다.

듣고 보니 그녀는 직장 생활을 시작하자마자 자동 이체로 유니세프에 매달 일정 금액을 후원하는 걸 적금이나 그 어떤 재테크보다 먼저 했었다. 거창한 봉사 활동을 하진 않아도 그녀 나름대로의 방식으로 공동체를 이롭게 하고자 소소하게 실천하고 있었다.

두 번째. 꿀벌은 꽃밭에서 일하는 순둥이다. 벌침을 가지고 있지만 누군가 공격하기 전까지 공격성을 드러내는 법이 없다. 심지어 일터가 꽃밭이다. 그녀도 공격성을 드러낼 일 없이 직장에서 꿀 빨고 싶다고 해맑게 이야기했다.

마지막으로, 집단생활을 하는 대표적인 곤충이기도 하지만 비행할 땐 마치 정지된 것처럼 혼자서 유유히 하늘을 나는 꿀벌이 자유로워 보여서 좋다고 했다. 인간도 사회적 동물인지라 혼자서는 결코 살아갈 수 없다. 그럼에도 때때로 혼자 자유로이 비행하는 꿀벌처럼 독립된 개체로 살고 싶다는 그녀의 소망이 담겨 있었다.

전혀 과학적이거나 전문적이지 않다. 단지 그녀의 눈을 통해서 본 꿀벌의 모습이지만 일리가 있었다. 꿀벌 옷을 입고 꿀벌처럼 살고 싶다고 말하는 그녀. 그 얘기를 들으며 생각했다. 어쩌면 꿀벌의 삶이 나의 삶보다 더 나을 수도 있겠다고.

벌침이 있지만 화난다고 함부로 쏘지 않는 통제력. 함께 사는 방법을 알고 공동체를 위하는 마음. 자연을 위해 도움이 되는 활동을 하는 여유. 생각보다 배울 점이 많았다.

별생각 없이 사는 것 같지만 누구든 함부로 대하지 않고, 생색내지 않고 조용히 후원금을 내고, 신속하게 일을 처리하고 여유롭게 퇴근하는 그녀의 모습과 많이 닮아 있었다.

다시 나에겐 바쁘고 피곤한 일상이 펼쳐졌다. 그날도 그랬다. 아니, 유독 더 힘들고 피곤했다. 수없이 걸려 오는 전화 때문에 귀에서 피가 날 것 같았다. 올려야 하는 기안서. 발표해야 하는 기획들. 숨통이 막혔다. 여지없이 야근을 했다. 늦은 시각 지하철에 몸을 실었다. 그녀와 통화를 하며 충전하고 있었다. 몇 개의 역이 지났을까. 정차한 역에 광고판 하나가 눈에 들어왔다. 드넓게 펼쳐진 에메랄드빛 바다. 문득, 저 바다를 날아다니는 꿀벌이 되고 싶었다. 그러고는 대뜸 그녀에게 제안했다.

"정인아? 우리 꿀 빨러 갈래?"
"응?"
"우리 다 때려치우고 세계여행 가자!"

3초 후
"그래 가자!"

그녀의 에필로그 _ 이별

그는 내가 한 번도 만나보지 못한 유형의 사람이었다. 가장 예쁜 낙엽을 주워 주겠다며 온 동네를 강아지 마냥 뛰어다니고, 전자기기의 사용 설명서를 정독한 후에야 겨우 전원 버튼을 눌렀으며, 어린 시절의 가요 앨범 판매량을 월별로 기억할 만큼 음악을 사랑하지만 음의 높낮이를 허락하지 않는 슬픈 성대를 가지고 있었다.

그는 무덤덤한 나에게 지치지 않고 사랑 고백과 조롱을 함께 하는 '다정한 조롱꾼'이었다. 신기했다.

낯섦. 나는 그런 그에게 끌렸다.
낯선 끌림과 함께 깨달은 것은 '정말 다르다'라는 것

이다. 거의 모든 영역에서 우리는 생각과 성향의 차이를 확인할 수 있었다. 싸이월드 감성의 음악을 즐기는 그와 밴드 음악을 즐기는 나. 멜로 같은 스토리 위주의 영화를 찾는 그와 화려한 영상미를 중시하는 나. 시험 전 도서관에서 2주일씩 공부하는 그와 집에서 벼락치기 하는 나. 어느 것 하나 공통된 사항이 없었다.

이렇게 다른데 연애가 가능해?

우리의 연애는 이 다름을 어떻게 하면 함께 하는 것으로 바꿀 수 있을지 고민해 보는 매우 실험적인 연애였다. 각자의 취향을 존중하며 서로의 다름을 경험해 보면서 그렇게 우리는 3년을 함께 했다.

시간이 흘러 내가 먼저 취업을 했다.
그가 취업 준비생의 시간을 보내는 동안 나는 사내 팀이 변경되면서 업무적인 위기를 맞이했다. 매일매일 정신없이 일에 허덕이며 야근을 거듭하고 주말까지 반납해도 끝이 보이지 않았다. 업무를 나눌 수 있는 팀원들도 없었다. 오롯이 나만이 홀로 감내해야 하는 부분이었다.

지금이라면 다른 경로로 도움을 요청하거나 변화를 요구했겠지만 그때 당시에 나는 사회 초년생. 정신적으로도 체력적으로도 지쳐가고 있었다. 이런 나의 상황과는 별개로 그는 연락이 뜸해지는 나를 불안해했다. 그는 보이지 않는 미래의 불확실성 속에서 흔들렸고 그런 그를 이해시키기보다 딩징 눈앞에 놓여있는 매일의 일과를 소화하는 것에 더 몰두하던 나였다.

한 달, 두 달. 시간이 늘어나기 시작하면서 흔들리는 그를 바라보는 나의 마음이 달라지고 있음을 느꼈다. 그에게 보내던 잘될 거라던 위로와 우리의 관계는 아무런 문제가 없을 것이라는 진심 어렸던 말들에서 진심이 조금씩 말라가고 있었다.

우리는 각자의 취향을 존중할 수 있는 씨앗을 품고 있었지만 달라지는 상황에 변해가는 생각을 나눌 수 있는 기회를 좀처럼 가질 수 없었다. 우리는 서로 달랐지만 다름을 존중한다는 하나의 점을 향해 달려가고 있다고 생각했는데 이 다름이 점점 그 본래의 형태를 찾아가듯 평행선을 긋기 시작했고 종래에는 서로 다른 방향을 향해 점점 벌어지고 있었다.

섬세한 그가 나의 변화를 감지하지 못할 리가 없었다. 하지만 그가 할 수 있는 것은 없었다. 그 무기력함을 내가 감지하지 못할 리도 없었다. 하지만 나 역시 아무것도 할 수 없었다. 아니 하지 않았다. 그럼에도 아무렇지 않은 듯 평소처럼 나를 대하는 그를 볼 때마다 미안함과 죄책감이 싸라기눈처럼 조금씩 차갑게 쌓여가고 있었다.

그의 취준생 시절이 끝나는 순간. 나는 정말 진심으로 그의 미래를 축하해 주었다. 흔들리던 그가 이제는 안정을 찾고 우리는 함께 힘든 시기를 통과하여 다시 예전처럼 취향을 존중하는 자세로 잘 지낼 수 있으리라 희망을 잠시나마 품었던 것도 같다.

그는 한 달 정도 서울에서 신입사원 연수를 받기 위해 내 옆자리를 비워야 했고 그 공백기 동안 나는 깨달았다. 아, 내 옆에 없는 그를 나는 더 이상 그리워하지 않는구나. 이런 마음가짐으로 그와의 관계를 유지하는 것은 우리의 지난 시간에 대한 기만이구나.

"우리 그만하자"

그녀의 에필로그 _ 재회

헤어지고 나서 그를 다시 만난 건 대학 시절 대외 활동을 함께 했던 지인의 결혼식이었다. 약 10개월 만에 만난 그는 이전과 다르게 살이 많이 빠져 있었지만 표정은 밝아 보였다. 내심 다행이라고 생각했다. 지난 연애의 이별을 잘 흘려보내고 각자의 자리에서 앞으로 나아가고 있다고 생각했다.

오랜만에 만났지만 마지막 순간까지 쌓여 있던 미안함과 죄책감은 여전히 마음 한편에 켜켜이 쌓여 있었다. 그와 똑같은 마음으로 끝까지 함께 하지 못한 것, 그가 힘든 시기에 온전히 함께해 주지 못한 것 그리고 가장 꿈에 부풀어 있던 시기에 고한 이별.

밝은 모습의 그를 보며 그는 이제 괜찮구나 하는 안

도감과 이 관계에서 쌓였던 죄책감에 대한 해방감 그리고 과도하게 즐거워 보이는 그에게 나도 모르게 느껴지는 약간의 섭섭함. 복잡해진 나의 마음과 별개로 그는 그 자리에서 생긋 웃으며 이야기했다.

"나는 잘 지내고 있어. 우리가 헤어지기는 했지만 좋은 친구이기도 했잖아? 부담 없이 친구처럼 잘 지냈으면 좋겠어."

당시에는 이 말의 속내를 가늠하기보다는 표면적인 말 자체를 바탕으로 '친구? 헤어진 연인과도 친구가 될 수 있나?'라는 스스로의 질문에 대해 생각을 하며 시간을 보냈다. 고민을 시작했다는 자체가 이미 그와의 관계를 다시 정의 내리는 과정이라는 인지를 하지도 못한 채로.

나는 부족한 사회성만큼 인연의 맺고 끊음이 분명한 편인 사람이었다. 더구나 헤어진 연인과 친구 관계로 지내본 적도 없을 뿐만 아니라 이런 상황 자체를 생각해 본 적도 없었다. 도리어 남녀 사이에 무슨 친구?라며 고까운 웃음을 날리는 냉소적인 사람에 가까웠다. 하지만 그 고까운 웃음은 바로 나를 향한 것이었다. 그와 재회 후 결혼까지 했으니 말이다. 친구는 무슨.

하지만 그때는 그가 이미 나와의 이별과 그 감정들을 모두 갈무리했다고 생각했고 또한 나 스스로도 이전에 해보지 않았던 일을 해보자는 생각이 들었다. 고민 끝에 나는 그를 예외적으로 나와 헤어진 경험이 있는 '남자 사람 친구'로 분류했다. 그리고 메시지를 보냈다.

"너 춤바람 났다며?"

그렇게 '남사친'이 된 그와 친목 도모를 자주 하였다. 머릿속으로는 동창도 이렇게까지 자주 만나지는 않는데.. 하면서도 친구를 좋아하는 그의 기준에서 친구라면 이 정도로 자주 만나기도 하나 보지? 나 이전에도 연애는 계속했던 사람이니 헤어져도 쿨하게 여자 사람 친구로 잘 지내는 편인가? 하는 알쏭달쏭 한 시간이 흘렀다. 지금이야 그것이 친목을 위장한 '플러팅'임을 알지만 그때의 나는 참 순진했다. 알쏭달쏭한 시간을 길게 가질 여유도 없이 그가 불현듯 이야기했다.

"우리 다시 만나자"

다시 만나자고? 역시 남녀 사이에 친구는 없다는 내 생각이 다시금 증명되는 순간이었다. 내 이 사달이 날 줄 알았다.

재회는 내 인생 사전에는 없는 단어였다.
애초에 다시 만날 것이라면 쉽게 헤어지지 말던가, 헤어졌으면 각자 인생을 잘 살던가, 어차피 사람의 기본 바탕은 변하지 않는데 똑같은 사람과 다시 만나서 똑같은 이유로 다투고 똑같은 이유로 헤어지는 과정. 이 바보 같은 순환 고리가 재회에 대한 나의 인식이었으니 말이다.

이러한 과정 속에서의 성숙과 성장을 이야기하는 사람들도 있지만 근원적으로 사람이 꼭 성숙과 성장을 이루어야 한다고 생각하지 않는 회의주의적인 내 입장에서는 설득력이 떨어진다. 결국 헤어질 거라면 그 반복의 시작이 무의미하며 재회보다는 차라리 새로운 사람을 만나는 편이 낫다는 것이다.

그럼에도 불구하고 만약 내가 그를 다시 만난다면 그 재회의 선제 조건은 무엇인지를 생각하게 되었다. 우리가 어떻게 헤어졌고, 그와 나의 현재는 무엇이 달라졌으며 현재 우리의 모습에서 무엇을 볼 수 있는지. 생각을 잘 하지 않는 나의 생각은 점점 길어졌다. 나는 그의 제안에 쉽게 답하지 못했다.

이 바보 같다고 생각한 재회의 고리를 뫼비우스의 띠처럼 떠돌고 싶지는 않았다. 그래서 이 굴레를 맴돌지 않으려면 나는 무엇을 해야 하며 어떤 마음가짐을 가져야 하는지 생각해야 했다.

어느 재회 커플이 이별을 전제로 만남을 시작하며, 누구인들 이별을 피하고 싶지 않겠는가. 나 역시도 어쩌면 있을 수 있는 이별이라는 고리를 반복하지 않기 위해서 고민을 시작했다. 아이러니하게도 나는 재회라는 카드를 만지작거리며 가장 오랫동안 이별에 대해 생각했고, 끊임없이 최악의 상황을 상상했다. 그리고 그 최악의 수들을 겪더라도 재회라는 카드를 사용할지 시뮬레이션을 했다.

그러다 문득 깨달아 버렸다. 나는 지금 나답지 않다. 이미 그를 다시 만난 순간부터 나답지 않은 선택과 나답지 않은 생각들을 하고 있었다. 예외라는 조건하에 처음으로 이별한 남사친도 만들고, 진짜 남사친과는 해본 적도 없는 데이트를 하고, 재회라는 카드를 오랜 시간 고민하는 이 자체가 나답지 않았다.

보통의 나는 나의 뇌와 심장이 합심하여 스스로의 결정에 49%와 51%를 잘 분류하는 편이었고, 한 번 선택한 이후 뒤를 돌아보는 경우가 적었다. 하지만 그와 관련된 선택들은 자꾸만 긴 고민을 하게 되고 내가 쌓아왔던 생각에 변수를 만드는 일종의 뇌와 심장의 충돌사고가 벌어지고 있는 것이다. 그것도 연쇄 충돌사고. 머리로는 재회했을 때 후회를 걱정했지만, 사실 이미 심장은 하지 않았을 때의 후회가 더 클 것이라고 말하고 있었다.

　그리고 나는 결정했다. 고민하던 나의 뇌와는 다르
게 나의 심장은 이미 답을 알고 있었다.

"그래, 우리 다시 만나자"

Part 4

TRAVEL

낭만찬 & 자유인

"다 때려치우고 우리 세계여행 갈래?"

처음엔 그냥 나온 말인 줄 알았다. 나도 모르게 너무 피곤하고 직장 생활에 치이다 보니 흔히 하는 '아이고, 죽겠다' 정도의 푸념. 그 정도였을 거라고 생각했다. 사실 난 여행엔 조금도 관심이 없는 사람이었다. 비행기도 25살에 처음으로 제주도 간다고 타본 것이 고작. 그런 내가 세계여행을 진지하게 생각하고 말했을 리 없다.

신기한 건 그녀였다. 그녀는 나와는 반대로 대학 시절부터 여행에 관심이 많았다. 남들 취업한다고 구직에 혈안일 때도 당당히 휴학하고 유럽이나 아시아로 배낭여행을 다녀왔다. 언젠가는 돈을 모아서 세계 일주를 해보고 싶다고 말하곤 했다. 그래도 그때는 꿈 많던 대학생 시절 이야기고 지금은 우리 둘 다 사회로 나온 직장인인데 그 생각이 유효할 줄이야.

그녀는 어설픈 넋두리를 늘어놓는 스타일은 아니다. 가면 가는 거고 말면 마는 거다. 퇴근길 지하철. 통화로 불쑥 꺼냈던 나의 제안. 고민 3초. 이미 그녀는 판단이 끝났다. 그 제안을 수락하는 순간 우린 어느새 정말로 세계여행을 향해 가고 있었다.

그때부터 우리 대화의 주제는 온통 세계여행이었다. 우리의 데이트와 함께하는 활동도 여행을 가면 즐기기 위한 것들로 채워지기 시작했다. 가령, 아름다운 바닷속을 즐기기 위해 스쿠버 다이빙 자격증을 따러 간다거나, 여행을 하다가 흥겨운 음악이 들리면 함께 출 수 있는 춤이 있으면 좋겠다는 생각에 스윙 댄스도 그녀와 다시 배웠다. 또한, 스위스나 캐나다의 스키장도 제대로 즐기고 싶어 겨울이면 스키와 보드를 타러 열심히 다녔다. 사실, 우리가 그냥 재밌으려고 노는 거지만 그래도 세계여행이라는 큰 목표가 설정되니 우리의 놀이와 배움에 의미가 생기는 것 같아 그 자체로도 즐거웠다.

준비 기간은 2년. 해결해야 할 게 많았다.

첫 번째. 돈.
기존에도 모으고는 있었지만 턱없이 부족했다. 1년 이상의 장기 여행이 될 것이기에 목표가 생긴 이후부터는 타이트하게 적금을 들었다.

두 번째. 회사 그만두고 양가 부모님 설득받기.
'어떻게 들어간 회사인데...'
그 당시 내 나이 32세. 그만두고 여행 다녀오면 다시 취업은 힘들다고 보는 것이 일반적인 시선이었다. 당사자인 나도 그렇게 생각하는데 부모님은 오죽하실까. 설득할 용기가 쉽게 나지 않았다. 그렇다고 되돌리기엔 이미 난 너무 멀리 와있었고 계획보다 조금 일찍 회사를 그만두고 부모님께 말씀드렸다. 마치 돌아갈 다리를 불태우고 전진하는 전사의 마음으로 꽤 비장하고 진지하게.

또 하나의 관문은 정인이 부모님께 허락을 받는 것. 오래 사귀어 나의 존재를 알고 계시긴 했지만 그래도 결혼도 안 하고 오랜 기간 함께 세계 여행을 간다? 내켜 하지 않으실 수 있었다. 다행히도 오래전부터 정인이가 '언젠가' 세계여행을 나와 함께 떠날 것이라고 입버릇처럼 부모님께 말씀드려 왔었고 부모님도 그 '언젠가'를 염두에 두고 계셨기에 놀라진 않으셨다.

"아버님, 어머님! 걱정하지 않으시도록 제가 옆에서 정인이 잘 지키겠습니다. 저희 안전하게 잘 다녀오겠습니다."

긴장되고 떨렸다. 다행히 양가 부모님 모두 우리가 우려했던 것보다는 반대하지 않으셨다. 오히려 잘 다녀오라는 응원과 지지를 보내주셨다. 가장 어려운 숙제가 풀리니 우리의 세계여행이 급물살을 타고 다가왔다.

여행을 준비하던 중 유튜브에서 영상 하나를 봤다. 빅데이터 전문가 '송길영'씨. 좋아하는 일을 어떻게 찾는지에 대한 질문에 답을 하는 영상이었다.

"자기가 가진 것을 포기하고 다른 것들에 대한 미련 없이도 내 안에서 차오르는 동기로 하는 것. 그게 정말 자기가 좋아하는 것입니다."

자극이 됐다.

'과연 나는 세계여행을 왜 기려고 하는 것인가?' 단지 지금 직장 생활 스트레스? 미래에 대한 불안감에서 도망치는 걸까? 이러한 생각들은 나를 제대로 파악하는 계기가 되었다.

'내가 정말 좋아하는 게 뭐지?'

'지금까지 변덕 없이 일관되게 지켜온 가치는?' 다른 걸 다 잃어도 결코 지켜야 하는 마지막에 남을 하나의 가치는?

답은 생각보다 금방 나왔다.

'정인이'.

가장 즐거울 수 있는 시간.

내가 가진 모든 걸 버려도 절대로 놓칠 수 없는 단 하나. 그건 정인이와 함께 하는 시간. 그리고 난 그 시간을 '낭만'이라는 단어로 치환했다.

"정인아? 난 나만의 궁극의 단어를 정했어!"

"뭔데?"

"낭만!" 너는? 네가 결코 포기할 수 없는 마지막에 남을 단어는 뭐야?"

그녀는 잠시 생각을 하다가 이윽고 대답한다.

"자유! 내 인생의 방향은 나의 자유의지로 향한다는 선택의 자유"

"좋아 그럼 우리 이제부터 우리 이름과 결합된 새로운 네이밍을 하자! '낭만찬'과 '자유인' 어때?"

그녀가 피식 웃는다.

2017년 10월.
우린 '낭만찬'과 '자유인'이란
새로운 이름으로
세계여행을 시작했다.

Hi Strangers

쫄았다.

세계여행을 시작하고 느낀 첫 감정이었다.

우리 여행 첫 시작점 '호주 케언즈'

처음 가본 4인 혼성 도미토리 호스텔.

하루 종일 들리는 애드 시런의 'shape of you'

젊은 외국 사람들 특유의 자유롭고 쿨한 분위기.

동양인은 거의 없고 한국 사람은 우리 둘뿐.

그 모든 게 낯설었고 나를 주눅 들게 했다.

어디 위험한 곳에 간 것도, 새로운 문물을 경험한 것
도 아니었다. 그럼에도 여행의 첫날부터 난 분명 찌그
러져 있었다. 우리가 묵었던 호스텔은 유독 파티를 자
주 하는 분위기에 배낭여행자들이 많이 찾는 그런 곳

이었다.

　2층 침대 2개가 나란히 있는 좁은 방.

　2일 동안 화장실 가거나 밥 먹을 때 말고는 밖에 나
가려 하지 않았다. 공교롭게 우리 방에는 그곳 호스텔
의 스태프도 함께 사용하고 있었는데 방 안에만 틀어
박혀 있는 우릴 보면서 의아해하며 물어왔다.

　"너희들 여기까지 와서 왜 방 안에만 있어? 나와서
놀아"

　"음... 그냥 좀 피곤해서"

　"오늘 저녁에 할로윈 파티하니까 나와서 즐겨!"

　"그래 고마워~~"

　말은 그렇게 했지만 파티를 즐길 생각은 없었다. 여
행을 위해 잘 다니던 직장까지 퇴사하고 호기롭게 나
왔는데 정작 와보니 한국에 돌아가고 싶었다. 설상가
상으로 가져왔던 노트북도 고장 나고, 음식도 입에 안
맞고, 모르는 사람과 함께 사용하는 숙소도 영 어색하
고 불편했다.

처음 알았다. 내가 이렇게 '쫄보'인 것을. 한국에서는 무엇이든 먼저 손들고 자처하는 적극적인 스타일이었는데 왜 이렇게 주저하고 머뭇거리지? 뭐가 문제인 거야? 영어 때문인가? 외국 사람들 기세에 눌린건가? 뭔지 모르겠지만 굳어서 침대 밖을 나오려 하지 않는 나였다. 변비에는 관장약이 직방이듯 이런 나에겐 그녀가 있었다. 2층 침대에 누워있던 그녀가 나에게 던진 한마디가 나를 일어나게 했다.

"찬이야? 쫄았냐?"
"뭐래? 쫄긴 누가 쫄아! 그냥 시차 적응이야"
"그럼 오늘 저녁 파티 가보자"
"그... 그래 가보자 외국 애들 노는 거 한번 보지 뭐"

그녀의 도발에 억지 참석한 저녁 파티를 시작으로 난 차츰차츰 여행자로서 낯섦을 익숙함으로 변환하는 능력이 생겨났다.

○ 이상(異常) 주의자

그로부터 8개월 후.

우린 '멕시코 과나후아토'에 있었다. 호주에서 뉴질랜드를 거쳐 남미를 여행하며 이젠 꽤나 오래 여행한 여행자의 풍모를 풍기고 있었다.

그곳 호스텔에서는 투숙객을 대상으로 '살사'댄스를 가르쳐 준다고, 배우고 싶은 사람들은 저녁 8시까지 숙소 로비에 모이라고 했다. 재밌을 것 같다는 기대로 정인이에게 물었다.

"인아. 오늘 숙소에서 살사댄스 가르쳐 준다고 모이래"
"나는 좀 귀찮은데 너 혼자 배우고 와"

그녀는 피곤해서 숙소에서 쉬고 나 혼자 살사댄스 강습을 받기 위해 줄을 섰다. 강습을 어디서 하는지 몰라 두리번거렸다. 기다리던 다른 투숙객들도 잘 모르는 눈치였다. 숙소 옥상에서 노래 틀어놓고 하는 줄 알았는데 호스트는 우리를 모아서 밖으로 나가 어떤 지하 클럽으로 데리고 갔다.

'엥? 여기서 살사 댄스 강습을 한다고?'

아직도 어찌 된 영문인지는 잘 모르겠지만 살사 강습은 말뿐이었고 그냥 클럽에서 마음껏 노세요 하는 분위기가 되어버렸다. 클럽에 있던 사람들 중엔 나를 보고 대놓고 원숭이 흉내를 내는 사람도 있었고, 자신의 두 눈을 양쪽으로 찢으며 동양인을 비하하는 제스처를 하는 사람들도 보였다.

"Fuxxx Yellow Monkey"

그냥 지나치기엔 너무 정확하게 들리는 무례한 말. 나에게 하는 인종차별 행위 앞에서 나는 쫄아버렸다. 사람이 좀 멋있으려면 그 자리에서 화도 내어보고 인종차별 하지 말라고 호기롭게 맞설 줄도 알아야 되는 건데 너무 못났게도 다시 쫄아버린 것이다. 8개월 전 호주 케언즈 호스텔 숙소에서 얼어버린 내 모습이 다시 떠올랐다.

나 자신이 실망스럽고 화가 났다. 인종 차별 당하면서 여기 클럽에 계속 있을 바엔 그냥 정인이 있는 숙소로 다시 돌아갈까도 생각했다. 8개월간 여행하며 난 나 자신이 좀 단단해졌다고 생각했는데 이렇게 돌아가면 처음 쫄보였던 그때의 나와 변한 게 하나도 없는 것이 아닌가. 그 순간 내 눈앞에 테킬라 한 병이 보였다.

'나 오늘 저거 먹고 제대로 미친놈 한번 된다.'

구석에 앉아 있던 난 일어나서 테이블 위에 테킬라 한 병을 꿀꺽꿀꺽 마셨다. 춤을 추고 있던 사람들이 나를 보는 시선들이 느껴졌다. 좀 전까진 그 시선이 너무 불편했는데 신기하게도 이목이 집중될수록 텐션이 높아지면서 에너지가 차오르는 감정을 느꼈다.

'어차피 지금 정인이도 없겠다. 여기서 날 아는 사람 아무도 없고 좋다 한번 죽어보자!'

미친 듯이 춤을 추기 시작했다. 살사고 뭐고 모르겠고 이것이 한국의 흥이다 하며 흔들어댔더니 어느새 나를 중심으로 사람들이 원을 그리며 내 춤을 따라 추는 것이었다.

난 더 미친놈이 되고 싶었다. 테이블에 보이는 테킬라를 다시 입안에 가득 넣고 내 주위로 모여 있던 사람들을 향해 입으로 힘껏 분사했다. 여기 사람들도 적잖이 흥에 겨웠는지 오히려 더 좋아하며 환호성을 질렀다. 확실히 그날 그 클럽에 주인공은 누가 뭐라 해도 나였다. 누울 자리 보고 발 뻗는다고 1층에 있던 난 2층으로 올라갔다. 사람들이 2층으로 올라간 나를 위로 쳐다보며 내가 추는 근본 없는 춤이 좋다며 따라 추는 장관을 난 경험하고 말았다. 그날 그 순간만큼은 내가 한류 스타였고 그들은 내 팬이었다.

다시 1층으로 내려오니 사람들이 나를 만지기 시작했다. 내 번호와 이름을 물어보고 나를 마치 스타 대하듯 엄청난 관심을 보였다. 난 그들에게 내 번호 대신 테킬라를 뿌려주며 대답을 대신했다. 그러다 어떤 누군가가 나에게 귓속말로 보스가 찾는다며 잠시 와보라고 했다.

'뭔데 나를 불러?'

쓱 봤는데 누가 봐도 쉽지 않은 느낌. 어두운 기운 가득 풍기는 사람들이 앉아서 나를 보며 손짓했다.

"Cigarette? you high?"

보스처럼 보이는 한 남자가 나를 불러 세워놓고 물어봤다.

'시가렛? 담배 말하나? 담배 끊었지만 뭐 오늘 내가 주인공이니 한 대 피지 뭐'

"Sure Why not."

그들은 만족스러운 표정을 하며 친구들이랑 다른 곳으로 장소를 옮길 생각인데 너 노는 거 보니까 같이 놀고 싶다고 함께 이동하자는 것이었다. 나중에 알았지만 저 말의 의미는 너 마약하고 춤추는 것 같으니 우리랑 나가서 다른 약도 경험시켜 줄게라는 의미였다.

그러고는 대뜸 나의 전화번호를 자기 폰에 찍으라며 주는 것이었다. 난 내가 쓰는 예전 폰 번호를 찍어주었는데 그 자리에서 바로 전화를 걸어 확인했다.

'이 번호로 연락 안 되는데 제대로 찍어'

연락할 번호를 재차 물어왔다. 그때 약간 이상함을 감지했다. 잠시 화장실 좀 다녀오겠다고 하며 그 클럽을 빠져나왔다. 숙소로 돌아오며 클럽에서 있었던 시간을 상기했다. 마치 꿈꾼 것 같은 비현실적인 순간처럼 느껴졌다.

'뭐지?'

몇 시간 전까지 나를 보며 인종차별을 서슴지 않던 사람들이 갑자기 나를 향해 구름떼처럼 몰려드는 이거 진짜 실화야? 이 모든 게 불과 3시간 만에 일어난 일이었다. 그들은 왜 나에게 관심을 보였을까? 한국에서도 난 외모적으로 그리 매력적이지 않은데 멋지고 덩치 큰 멕시코 사람들도 클럽에 많았는데 왜 하필 나에게 집중했던 걸까? 난생처음 겪는 휘몰아친 관심에 난 이유를 알고 싶어졌다.

긴 머리에 어설프게 난 수염, 마른 체구의 동양인 남자. 그 당시 나의 모습이었다. 이런 외모를 멋지다고 좋아했을 리는 없고, 생각 끝에 내가 찾은 답.

'이상함'.

그 클럽에 동양인은 나 한 명뿐이었다. 근데 동양인 남자가 머리는 길게 하고 미친 듯이 춤을 추네. 아마도 그들의 신입견 속에는 쭈뼛대며 샤이한 아시아인 남자들을 생각했을 것이다. 처음에 나도 그랬으니까. 내가 나의 프레임을 깬 것처럼 그들도 그들의 머릿속 데이터에 없던 '이상한' 동양인이 소위 말해 약 빤 놈처럼 클럽을 휘젓고 다니니 신선하게 다가왔을 것도 같다.

난 그날 클럽에서의 경험으로 새로운 가치를 발견했다. '이상함'이 주는 가치였다. 훌륭하거나 비범하지 못할 거라면 특이하고 이상한 게 나을 수도 있겠다는 생각이 자리 잡기 시작하였다.

"정인아? 네가 보기에 나 이상해?"

"너? 너 이상하지!"

"그래? 호호호"

"근데 왜 웃어?"

"나 내가 이상한 게 좋아 근데 너도 좀 이상해"

1달러 캠핑카

세계여행이란 미명하에 처음 도착한 호주. 부끄럽게
도 난 긴장하고 기죽어 있었다. 외국인들과 영어로 대
화하기도 영 자신이 없었다. 그러다 보니 이것저것 알
아보고 여행을 이끌어가는 부분에서도 정인이가 거
의 전담했다.

'내가 이렇게 불안도가 높고 자립도가 낮은 사람이
었나?' 뭔가 특단의 대책이 필요했다. 그리고 그 해답
은 생각보다 쉽게 또 매우 싸게 해결되었다. 내가 가
장 자신 있어 하고 좋아하는 것을 먼저 해보는 것!

○ My Favorite

전 직장은 그 당시 나의 기준에서 연봉도 복지도 그리고 위치한 곳도 모두 만족스러워 고민 없이 지원했고 많은 사람들이 그렇게 자신의 직업을 선택한다고 믿었다. 회사 자체에 대해서는 크게 불만이 없었다. 하지만 중요한 건 거기엔 '내'가 빠져있었다.

'난 무엇을 좋아하는 사람이지?'
'내가 좋아하고 잘하는 일이 있기는 한 걸까?'
왜 난 지금까지 이 고민을 하지 않고 무작정 대기업에 입사 원서만 기계적으로 넣어왔던 것일까? 4년간 직장 생활을 하면서 머릿속을 떠나지 않던 생각. 이미 뒤늦은 것만 같았던 생각의 꼬리표는 내가 그만두자마자 그 꼬리를 치켜세우며 나를 채근했다.

"지금이 그 기회야! 네가 좋아할 것 같은 일을 직접 해볼 수 있는 기회!"

어릴 적부터 나는 자동차를 좋아했다. 그래서 어릴 적 꿈은 '좌석버스 운전기사'. 일반버스 보다 더 쾌적하고 편안하게 앉아서 가는 좌석버스를 운전하며 도로에서 내가 좋아하는 차를 지겨울 만큼 계속 볼 수 있다는 순수한 생각이었다. 지금 생각해 보면 오히려 그때가 훨씬 더 솔직했던 것 같다.

'어떻게 초등학생이 저런 기발한 생각을 하시? 꿈이 너무 구체적이고 재밌잖아 그리고 무엇보다 꿈에 중심에 내가 있잖아!'

그 당시에 나를 만날 수만 있다면 칭찬해 주고 싶을 정도다. 하지만 아이러니하게도 그 꿈은 내가 중학생이 되고 학교 성적이 좋아지면서 점차 후순위로 밀려났다. 시간을 지나오며 나의 진로는 그렇게 '일반적이고' '재미없으며' '많은 사람들이 희망하는' 방향으로 흘러가고 있었다.

전 직장을 그만두고 세계여행을 가기까지 약 5개월의 값진 시간이 주어졌다. 난 이 시간을 단지 여행을 준비하는 데에만 쓰고 싶지 않았다. 이제라도 내가 좋아할 수 있는 것들을 찾아서 해보는 경험에 목말라 있었다.

 그래서 가장 먼저 찾아간 곳. '자동차 정비 학교'
 국비 지원이라 별다른 비용이 들지도 않아 바로 등
록했다.

 난 그곳에서 누구보다 열심히 나의 시간과 열정을
쏟았다. 아침부터 밤까지 혼자서 차를 뜯어서 조립하
고 정비했다. 엔진을 분해하고 타이어를 갈아 끼우며
미래에 나의 차를 직접 정비하는 모습을 상상했다. 몰
입했다. 그 덕분에 난 누구보다 빨리 '자동차 정비 자
격증'을 취득할 수 있었다. 이제 웬만한 자동차는 왠

지 내 손으로 고칠 수 있겠다는 근거 없는 자신감으로 부풀어 올랐을 무렵 우리는 세계여행을 시작하는 첫 비행기에 몸을 실었다.

○ 1달러면 충분해

그렇게 부풀어 올랐던 자신감이 타국에 오자마자 거품처럼 사그라들어 위축감으로 변해 있을 줄이야. 잔뜩 움츠러들어 있던 나를 다시 일깨우는 데에는 1달러면 충분했다.

하루에 1달러만 내고 호주에서 캠핑카를 직접 운전하며 여행을 할 수 있다는 사실을 알게 된 것이다. 이렇게 빨리 외국에서 운전을 해볼 수 있을 거라고 생각하지 못했는데 혹시나 해서 가지고 왔던 국제운전면허증과 자동차 정비의 경험이 이젠 나를 일깨우는 처방전이자 나의 자신감을 올려줄 특효약이 되어 있었다.

'차를 빌리는데 1달러라고?'

한국에서는 '1달러 캠핑카'라고도 불리는 이 시스템의 정식 명칭은 'Relocation car'.

편도 반납된 렌터카를 허용된 시간과 거리 내에서 1달러만 지불하고 원래 위치로 가져다주는 방식이다.

예를 들어 A라는 사람이 호주 시드니에서 캠핑카를 빌려 여유롭게 여행하고 멜버른에서 차량을 반납한 후 떠났다면 해당 차량을 누군가 원래 있던 시드니로 반납해야 한다. 렌터카 업체에서는 이걸 대신해 줄 수 있는 사람을 찾는 것이다. 그래서 플랫폼에 픽업 장소와 반납 장소, 허용된 날짜와 기간, 차량의 종류 등을 기재하고 운전이 가능하면 누구라도 해당 홈페이지를 통해 신청 후 업체의 승인 메일이 오면 이용할 수 있도록 되어있다. 렌터카 업체에서는 인건비를 아낄 수 있어 좋고, 여행자들은 1달러라는 말도 안 되는 가격에 승용차, 트럭, 캠핑카까지 다양한 종류의 차를 직접 운전하며 여행할 수 있어서 좋다.

시동을 건다.

처음으로 호주의 도로 위에서 액셀러레이터를 밟는 순간 잠자고 있던 나의 세포들이 그제야 깨어나고 있음을 느꼈다.

네비에 표시된 직진 약 350km. 광활한 호주의 대자연과 때마침 흘러나오는 싸이의 '낙원'. 그래 이거다. 여기가 낙원이야. 하루 종일 운전할 수 있을 것 같은 엔돌핀이 뿜어져 나오고 그날 우린 차 안에서 미친 듯이 들썩이며 노래를 부르며 호주를 누비고 있었다.

호주 '케언즈'에서 6일간 1,786km를 이동해 반납 장소인 '브리즈번'에 도착했다. 여행 온 지 3주가 지나서야 비로소 난 여행다운 여행을 하게 되었다.

"정인아? 너 케언즈에서 브리즈번 자동차로 이동하는 거 어땠어? 힘들지 않았어?"

"나 괜찮았어. 근데 네가 너무 운전을 오래 해서 힘들까봐 걱정이지"

"아냐 난 정말 괜찮아. 너만 괜찮으면 우리 이렇게 계속 자동차 여행해 볼까?"

"너무 힘들지 않겠어?"

"나? 전혀! 나 지금 심장이 막 두근거려. 자동차로 여행할 생각에"

○ 포크로 고친 벤츠 엔진

우린 브리즈번에서 시드니까지 캠퍼밴으로 4일간 925km 달렸다. 가는 길에 배터리가 방전되어 시동이 걸리지 않은 적도 있었고 길을 잘못 들어 헤매다 계획했던 곳까지 못 가고 급하게 남의 집 주차장에서 '도둑 차박'을 할 때도 있었지만 그런 자잘한 우여곡절은 우리의 자동차 여행에 걸림돌이 되지 않았다.

마침내 시드니에서, 최대 6명이 잘 수 있는 화장실과 샤워실 그리고 싱크대와 테이블이 겸비된 대형 모터홈 벤츠 캠핑카를 1달러에 빌리게 되었다. 이 캠핑카를 이용해 멜버른까지 가는데 허용된 3일 동안 약 1,000km의 거리를 이동할 생각에 마음이 벅차올랐다. 원래라면 하루에 100$는 우습게 넘기는 금액의 캠핑카를 1$에 몰아보다니 꿈만 같았다.

빛이 밝으면 그림자도 짙다고 했던가. 둘째 날에 차에 문제가 생겨버린 것이다. 주유소에서 주유를 마치고 옆에 휴게소에서 잠시 휴식을 취한 후 이동하려던 순간, 계기판에 엔진 경고등이 뜨면서 갑자기 차가 심하게 떨리더니 멈춰버렸다. 한국이라면 보험사에 긴급 출동을 부르면 해결되는 문제이지만 여기는 호주이고 심지어 우린 어떤 보험도 들지 않았기에 그로 인해 발생된 비용과 문제의 책임을 고스란히 운전자가 감수해야 했다. 당장 내일까지 캠핑카를 반납해야 했기에 정인이는 비용을 지불하더라도 보험사를 부르자고 했지만 난 이 문제를 내 힘으로 해결해 보고 싶었다.

보닛도 열어보고 차량의 하부도 점검하였다. 한국에서 자동차 정비를 배울 때에도 이런 벤츠 캠핑카를 다뤄보진 않았기에 내가 고칠 수 있으리란 기대도 크지 않았던 게 사실이다. 그럼에도 불구하고 만약 내가 이걸 고친다면? 그래서 세계여행 전 배워둔 정비학교에서의 시간이 빛을 발할 수 있다면? 그 희열을 느껴보고 싶었다. 그 자리에서 2시간은 훌쩍 넘긴 채 원인을 찾지 못해 시름하고 있었다. 도무지 내 힘으로는 해결이 되지 않아 정비 학교에서 연을 맺은 선생님께 영상 통화를 걸어 차의 상태를 보여주었고 감사하게 도 몇 가지 점검하고 조치할 사항을 알려주셨다.

 퓨즈 박스를 열고 ECU를 초기화 해보기 위해선 장 비가 필요했는데 별도의 도구가 없었다. 궁여지책으 로 차 안에 있던 포크를 이용해 절실하게 차를 정비 해 나갔다. 간절하면 이루어진다는 말이 항상 들어맞 진 않지만 그날만큼은 참이었다. 노력 끝에 엔진 부조 가 잡히고 엔진 경고등이 사라지는 순간이 찾아왔다.

이 경험은 압축된 스프링이 강력한 탄성으로 완전하게 퍼지듯 움츠렸던 나를 온전히 깨어나게 해주었고 우린 그 자신감으로 호주에서 시작해 뉴질랜드, 미국, 캐나다를 넘어 유럽에 이르기까지 자동차 여행을 할 수 있었다.

가장 '나'다움이 무엇인지 발견하는 길은 내가 무엇을 좋아하고 잘하는 사람인지 알아가는 것과 같다. 그 길은 때론 막막하고 험난하고 아득해서 찾는 데 도무지 뾰족한 수가 없을 것 같은 좌절감마저 든다. 바로 그럴 때, 나의 옆에 있는 사람이 묵묵히 응원해 준다면, 충분히 알아갈 수 있게 옅은 미소로 기다려 준다면, 그렇다면 어쩌면 '1달러'에도 '나'다움을 발견할 수 있지 않을까?

내가 그랬던 것처럼.
네가 그래 준 것처럼.

레이크 루이스의 조난자 둘

'유키 구라모토'의 피아노 연주곡
'lake louise'

플레이 버튼을 누른다. 영롱한 건반의 소리가 귀에
서 기분 좋게 고막을 노크한다. 고막은 기꺼이 그 문
을 열어주어 머릿속으로 들어와 엉망진창으로 뒤섞
여 있는 온갖 근심 걱정들을 잠시 휴식하게 도와준다.
건반 하나에 고민 하나씩 내려놓는 느낌이랄까. 머리
를 통과해 가슴속으로 진입한다. 두근거리는 불안들
은 일제히 아름다운 선율 앞에 항복하고 만다. 2분 26
초. 완전한 평화를 선물 받는다.

고3 수험생 시절부터 지금까지 나의 피로회복제 같은 곡이다. 그렇기에 이 곡의 제목이 궁금했다. 나에겐 상상 속 유토피아 같은 곳이었다. 가장 고단하고 힘들 때 편안함을 주는 음악이었으니 그만큼 더 소중하고 따뜻하게 상상하고 싶었다.

세계여행 9개월 차.

우린 미국에서 캠핑카를 빌려 캐나다 로키산맥에 이르렀다. 열흘 가까이 차에서 숙박을 하며 달려온 탓에 우리의 모습은 추레할 수밖에 없었다. 심지어 미국에서 캐나다를 넘어가는 입국 심사에서 우리의 행색을 본 직원이 따로 불렀다. 통장 잔고와 직업 등 우리의 신원을 추가로 물어보기까지 하였다. (아마도 불법 체류나 밀입국 등의 우려가 있었던 듯하다.) 그럴 만했다. 7일째 제대로 씻지도 못했으니...

도착한 캐나다 로키산맥은 미국과는 또 다른 멋이 있었다. 그중에서도 가장 기대했던 곳은 바로 '레이크 루이스'. 나에겐 오아시스 같은 곳이라 일부러 조금 더 아껴두고 싶었다. 환상이 사라질까 봐.

실제로 내 눈앞에 펼쳐진 레이크 루이스는 나의 상상보다는 고요하지 않았다. 관광객들도 많았고 하필이면 그날 날씨가 다소 흐린 탓에 조금 산만했다. 그럼에도 최고로 기대했던 곳이기에 난 정인이와 카약을 빌려 호수를 조금 더 가까이 느끼고 싶었다.

빙하가 녹아 형성된 호수. 에메랄드빛 색깔. 설산이 병풍처럼 둘러싼 자태. 감탄이 나왔다. 여유롭게 카약을 타고 둥둥 떠서 그 멋진 풍경을 한껏 즐기기만 하면 된다. 정말 그렇게만 하면 된다. 모두들 그렇게 그 호수를 즐겼다. 우리만 제외하면...

정인이가 뱃머리, 나는 뒤에서 서로 영차영차 노를 저었다. 호수를 둘러보며 사진도 찍고 장난도 치면서 대여 시간 1시간을 채우고 있었다. 대여 장소에서 꽤나 멀리까지 오게 되었고 그런 탓에 주변에는 그 많던 사람들도 찾기 힘든 한적한 공기가 흘렀다. 설산과 빙하가 더 가까이 있었고 평온함을 주던 공기는 이내 곧 적막함으로 변했다.

"정인아? 우리 너무 멀리 온 것 같은데?"

"그렇지? 돌아가자! 그래야 시간 내에 반납할 수 있을 것 같아"

뱃머리를 반납 장소로 돌려 힘차게 노를 저었다. 2인용 카약은 매우 좁고 길쭉하게 생긴 탓에 노를 젓는 두 명의 호흡이 중요하다. 배가 너무 한쪽으로 쏠리지 않도록 좌, 우 균형을 맞추어가며 저어야 하는데 마음이 조급해진 무작정 노를 젓기 바빴다. 설상가상으로 흐렸던 날씨가 먹구름으로 바뀌어 비를 뿌리기 시작했다. 그러자 고요했던 호수에 파도가 일렁였다. 일순간 정인이와 나의 노 젓는 방향이 같아지며 배가 왼쪽으로 쏠리던 차에 파도가 더해지며 우리의 카약은 사정없이 전복되었고 우린 차디찬 빙하 호수에 빠지고 말았다.

고운 빛깔과 따뜻한 선율로 나에게 평안을 선물했던 호수의 속내는 차가웠다. 그 냉혹한 배신감은 2배의 충격으로 다가와 말문을 막게 하였다. 갑작스러운 입수에 쇼크가 왔다. 호흡이 잘되지 않았다. 살을

에는 호수의 온도. 곧 저체온증이 올 수 있겠다는 두려움이 엄습했다.

'정신을 차려야 해.'

평소 수족냉증이 있어 손과 발이 차고 유독 추위를 힘들어하는 정인이가 걱정되었다. 구명조끼를 입고 있던 탓에 물 위에 둥둥 떠 있기는 했지만 아무 말 없이 마치 자유의 여신상처럼 한 손에는 카메라를 쥐고 팔을 들고 있었던 그녀였다.

'혹시 저대로 얼어버렸나?'

가쁜 숨을 몰아쉬며 앞에 있는 그녀에게 다가갔다.

"저... 정인아 너... 너라도 일단 배 위로 올라가"

"......"

숨이 점점 더 가빠진다.

"정인아 내... 내가 너를 받쳐 줄 테니까 너라도 올라가 있어"

숨은 더 차오르고 과호흡이 오는 찰나,

"뭔 소리야. 어차피 배 뒤집어져서 올라가지도 못해. 호루라기 불어서 구조요청하면 돼"

"그... 그래도 너 오... 올라가야 해"

"아 그럴 시간에 너도 호루라기 불어! 구명조끼 어
깨 쪽에 있잖아"

평상시 약한 바람에도 춥다며 호들갑을 떨던 그녀.
정작 빙하 호수에 빠져버린 이 상황에서는 전혀 동요
치 않는다. 그 와중에 카메라 하나는 살려 볼 거라고
오른손엔 카메라를 들고 왼손으로 호루라기를 삐익
삐익 불어댄다. 그녀의 처신에 또 한 번 놀라고 말았
다. 정작 상태가 안 좋은 건 나였다. 호흡이 더욱 힘들
어지고 몸이 얼어갔다. 유약하지만 그녀를 구하고 싶
은 남자와 깡다구 세고 이성적인 여자의 '찻잔 속의
태풍'같은 사건이었다.

결국, 정인이의 호루라기 소리를 듣고 구조대가 왔
고 우리는 무사히 살아 나갈 수 있었다. 고요하고 평
화로운 호수에서 우리만의 하찮은 '타이타닉'을 찍었
던 것이다. 전화위복이었을까. 카약 대여 업체 측에서
'페어몬트 샤토 레이크 루이스 호텔' 객실을 잡아주
었다. 호수 바로 앞에 위치한 고급 호텔. 비싸서 엄두

도 못 내는 곳을 이렇게 또 이용해 보다니 알다가도
모를 일이다.

　호텔에서 따뜻한 물로 샤워를 하고 젖은 옷을 말리
며 객실에서 서로를 바라봤다. 정인이가 끝까지 사수
했던 카메라를 제외한 우리의 소지품들이 호수 밑으
로 수장되어 버렸지만 또 이런 고급 호텔을 이용해
보는 극적 대비감과 생존이 달려있던 극한 상황에서
나와 그녀가 보인 행동을 곱씹으니 웃음이 났다.

"인아. 나 그래도 그 와중에 너 살리려고 했다."
"야 정작 내가 너 살린 거 알고는 있니?"
"그건 또 맞아"

상상은 늘 현실을 배신하고
현실 속에서 허우적거리다 보면
어느 틈엔가 상상보다 재밌는 현실에 놓여있다.

다툼이 없는 여행

1년 3개월. 30여 개국을 여행하며 우린 단 한 번도 다투지 않았다. 여행 가기 전부터 주변 많은 사람들이 우려했던 부분이기도 했다. 너희들 힘들게 다시 만나서 이렇게 잘 연애하고 있는데 괜히 세계여행 가서 싸우고 헤어져서 돌아오는 거 아니냐는 걱정 어린 말들을 정말 많이 들었다.

나와 정인이도 그 부분을 생각하긴 했다. 평소에 거의 싸우지 않았지만 머나먼 타국에서 싸우면 어떻게 해결해야 하나 걱정 아닌 걱정을 했었다. 차라리 결혼을 하고 여행을 가라고 하는 사람들도 적지 않았다. 결론부터 말하자면 우리의 걱정은 기우였고 오히려 결혼 전에 세계 여행하길 잘했다는 생각이 들었다. 그리고 이 생각은 지금도 여전히 확고하다.

난 내가 애정 하는 동생들에게 결혼하고 싶은 사람이 있다면 한국인들이 많이 가지 않는 낯선 곳에 너와 네가 사랑하는 사람과 가능하다면 긴 시간 여행해볼 것을 강력히 추천하는 입장이다. 낯선 환경 속에서 서로가 내몰려 보면 자신도 모르는 자신의 모습 그리고 서로의 모습이 여과 없이 드러나게 되기 때문이다. 우린 1년 넘게 여행하면서 우리의 밑바닥을 보았다. 엄밀히 말하자면 나의 밑바닥을 보았다. 또한 그녀가 어떤 사람인지도 여행을 하며 더 깊이 알게 되었다.

한번은 페루 리마 숙소에 도착했던 때였다. 숙소에서 짐을 푸는데 배낭에 넣어둔 대용량 샴푸가 터져 가방 안에 물건들이 샴푸로 도배되어 있었다. 순간 너무 화가 났다. 특히 남미를 여행할 때는 다른 곳보다 좀 더 긴장하고 다녔어야 했는데 그 스트레스도 함께 찾아온 것 같았다. 숙소에서 편안하게 쉬고 싶었는데 샴푸로 얼룩진 나의 물건들을 마주하니 주체하지 못할 분노감이 올라왔다.

욕을 하고 싶었다. 배낭에 든 모든 물건들을 집어던
지고 싶었다. 그런데 내 옆에는 정인이가 있으니 그
모습을 보이고 싶진 않았다. 그것 자체도 그때는 짜증
났다. 정인이의 잘못은 하나도 없지만 옆에 누가 있으
면 상대에게 분풀이를 할 것만 같았다. 난 식도까지
차오르는 분노와 욕을 꾹꾹 눌러 담으며 정인이에게
요청했다.

"정인아, 나 지금 너무 화가 나서 욕을 하고 싶어. 미
안한데 너 잠시 나가줄래?"
"그래 나 욕실 가서 씻고 올 테니까 충분히 욕을 하
던 뭘 하던 하고 싶은 거 다 하고 있어"

정인이가 방문을 닫고 나가자마자 난 내가 아는 모
든 욕을 나의 배낭에 내뱉으며 분노를 표출했다. 한
10분쯤 베개를 때리며 혼자서 온갖 지랄을 다 하고
나니 시원했다. 그리고 곧 부끄러워졌다.
'이게 내 밑바닥이구나...'
한국에 있었더라면 그냥 웃어넘길 수도 있었던 대
수롭지 않은 일이었을 텐데 이게 뭐라고 난 이렇게도

분노했을까 싶었다. 수치심이 들던 순간 정인이가 들어왔다.

"어이구 우리 찬이 욕 많이 했어? 이제 좀 괜찮아?"

대답하기엔 좀 모양이 빠졌다. 말없이 물티슈로 가방 안에 덕지덕지 묻은 샴푸를 닦고 있었다. 시간이 지나 그녀에게 페루에서 있었던 '샴푸 사건'을 물어본 적이 있다.

"정인아 그때 내가 샴푸 터졌다고 화나서 난리 칠 때 나 좀 별로였지? 그때 너도 나 때문에 기분 안 좋았지?"
"뭐 별로긴 했는데 괜찮았어. 난 오히려 그때 네가 막 화내고 그러는 모습을 보길 잘한 것 같아"
"그건 또 뭔 소리야?"
"찬이 네가 최고로 분노했을 때의 모습이 궁금했었거든. 나한테는 그런 모습을 보인 적이 없으니까. 근데 그때 그 모습을 보고 아~ 이 친구가 화났을 때의 최대치가 저 정도 이구나. 귀엽네~ 했어"

그녀는 내가 생각한 것보다 더 이해심이 넓은 평화주의자였다. 우리를 아는 대부분의 지인들은 내가 그녀를 맞춰주고 이해해 주려 노력하는 줄 아는데 사실은 오히려 그 반대다. 여행하는 동안 난 낯선 환경 속에서 긴장하고 예민한 상태가 많았다. 그래서 감정적으로 짜증도 자주 내고 불쑥불쑥 올라오는 화를 참지 못한 적도 있었다. 보통은 이럴 때 같이 여행한 동행자들끼리 많이 싸운다. 다행히도 그녀는 그럴 때마다 나를 달래주거나 이해해 주려 했다. 나에게 소리치거나 감정을 내어 화를 내는 모습은 본 적이 없다.

'이 친구, 내가 알던 것보다 더 괜찮은 사람이구나.'
난 여행을 통해 그녀의 진가를 알게 되었다.

또 하나, 우리가 싸우지 않은 비결은 우리의 여행 스타일도 한몫했다. 기본적으로 서로 좋아하는 게 다르다는 것을 알고 있었기에 어떤 나라를 가서 하고 싶은 것이 각각 다르면 굳이 같이하려고 하지 않고 각자 하고 싶은 걸 할 수 있도록 했다.

가령, 난 갈라파고스에서 스쿠버 다이빙을 즐기는 동안 그녀는 다윈 박물관을 견학한다든지, 파타고니아에 높은 산을 트레킹하는 동안 그녀는 칠레 마을에서 열리는 축제를 즐긴다든지 하며 우린 각자 하고 싶은 것을 충분히 할 수 있게 공간을 열어 주었다.

○ 생명의 은인

멕시코 산크리스토발을 여행할 때였다. 그동안 빙하, 사막, 산, 바다 가릴 것 없이 엄청난 곳들을 경험하며 그야말로 '여행 뽕'이 차올랐을 무렵. 난 그녀에게 슬며시 제안했다.

"정인아? 나 그동안 보고 싶었는데 못 본 게 하나 있어!"

"뭔데?"

"나 화산이 보고 싶어! 막 용암이 분출하는 화산"

"그건 어디 있는데?"

"과테말라에 아카테낭고 화산이라고 여기서 갈 수 있어"

"난 안 갈래!"

"응, 그래서 나 혼자 후딱 다녀올 테니까 너 한 5일만 여기서 쉬고 있을래?"

"그거야 어렵지 않은데 거기 위험하지 않아? 생각 좀 해보자"

멕시코 산크리스토발에서 육로로 약 15시간 정도 가면 과테말라에 아카테낭고 화산 트레킹을 할 수 있었다. 어지간하면 별 고민 없이 쿨하게 다녀오라고 했을 그녀인데 그날은 왠지 모르게 쉽게 나의 외출을 동의해 주길 꺼려했다. 하지만 지금껏 한 번도 내가 원하는 것을 못 하게 막은 적은 없었기에 난 이미 과테말라로 가는 투어와 교통편을 다 알아두고 대기 상태에 있었다. 그리고 한 번 더 물어봤다.

"정인아 그럼 나 후딱 화산 한번 보고 오는 거 오케이?"

"……"

"왜 말이 없어?"

"꼭 그렇게 가야겠어? 내가 지금까지 단번에 허락 안 해준 적 없지? 그럼 이번 한번은 내가 불허할게! 가지 말고 여기 나랑 있어"

그녀가 나의 제안에 부정적으로 답했던 긴 그때가 처음이자 마지막이었다. 의외의 대답에 난 조금 놀랐지만 이내 곧 수긍하며 과테말라 화산 트레킹 계획을 접었다.

3일 후.

'과테말라 아카테낭고 푸에고 화산 대폭발'

뉴스 기사를 보고 순간 소름이 돋았다. 투어를 하던 많은 사람들이 실종되었다는 뉴스. 확인된 사망자만 120명 이상에 실종자는 200여 명에 달하는 참사였다. 만약 내가 그녀 말을 듣지 않고 갔었다면, 내가 트레킹하고 있던 시기였거나 아니면 적어도 화산 폭발로 인해 상당 기간을 발이 묶여 다시 돌아오는 시간이 지체되었을 것이다. 아찔했다.

"거 봐! 내가 너 한번 살렸다. 이상하게 촉이 안 좋더라고"

어깨에 힘이 잔뜩 들어간 채 눈을 내리깔고 나를 쳐다보는 그녀를 인정할 수밖에 없었다.

"살려줘서 고마워"

8유로와 8원

스페인 바르셀로나 한인 민박.

여행 1년을 넘긴 시점. 여행 자체가 일상이 되어갔다.

"너희 혹시 화분 필요하나? 필요하면 그냥 줄 테니
까 가져 아님 그냥 버리려고"

민박을 운영하는 사장님 '용인이 형'이 말했다.

"형님 그거 제가 들고 나가서 팔게요. 팔아보고 싶어요"

뭐라도 하고 싶었다. '이상함'에 꽂혀있던 터라 익숙
해져 가는 여행에서 '이상한 짓'을 해보고 싶었다. 덥
석 받은 화분 20개... 그냥 팔면 안 팔릴 것 같아서 전
날 샀던 메시 유니폼을 입고 메시 가면도 썼다. 뭔가

허전했다. 메시가 있으면 호날두도 있어야지! 부랴부랴 호날두 유니폼도 하나 샀다. 사진만 찍어주기로 했던 그녀를 지그시 바라보며 설득에 들어갔다.

"정인아 여기 바르셀로나에선 메시가 왕이야. 그러니까 네가 메시 유니폼을 입어. 난 라이벌 호날두 유니폼을 입을게 아마 그러면 더 많이 팔릴 것 같아"

그렇게 우린 메시와 호날두가 되어 바르셀로나 '람블라스 거리'로 나왔다. 자신이 있었다. 우린 메시와 호날두니까! 그리고 이러고 다니는 사람은 우리뿐이고 충분히 이상하니까!

람블라스 거리를 서성이다 괜찮은 곳에 돗자리를 깔고 화분을 팔기 시작했다. 생각보다 많은 관심을 받으며 시작과 동시에 팔렸다. 기분이 너무 좋았다. 생판 처음 보는 외국인들이 우리와 사진을 찍고 싶어 했다. 아파트 단지를 돌면서 아르바이트로 과일 팔던 25살 대학생 명찬이로 돌아간 것 같았다.

화분을 팔다가 사람들이 계속 모여드니 경찰이 왔다. 여기서 이러시면 안 된단다. 미리 영업허가를 받아야 된단다.

'한참 좋았는데, 뭐 별 수 없지..'
아직 화분이 많이 남아서 카탈루냐 광장 앞에 자리를 옮겨서 팔기 시작했다. 판을 깔지 않으니 주목도가 떨어져 가격을 내리고 또 장소를 옮기고 결국에는 공짜로 나눠주고서야 가져간 화분을 다 처리할 수 있었다. 얼마나 팔았나 동전을 세어본다.

'8유로'
잊지 못할 숫자다.

대학생 시절 항상 알바를 했지만 주머니 사정이 넉넉하지 못했다. 한 날은 정인이와 데이트를 위해 카페에 가서 커피를 주문하고 카드를 긁었는데 잔액 부족이 나왔다. 커피값 3,000원에 잔액 부족이 나도 어이가 없어서 마그네틱 손상이라 생각하고 근처 ATM기에서 확인을 했다.

8원 있었다.

800원도 아니고 8원.

8유로를 보니 그때 통장 잔액 8원이 떠올랐다. 통장에 8원이 있던 내가 정인이와 세계여행을 하고 있을 줄이야.

스페인에서 무작정 돗자리 깔고 팔았던 화분 8유로가 우리가 세계여행을 하며 벌었던 최초의 수입이었다. 말 한마디 안 통하는 스페인에서 버리는 화분을 현지인에게 파는 순간 우린 무엇이든 할 수 있겠다는 자신감이 차올랐다. 통장에 8원 있어도 당당했던 그때의 나처럼. 이젠 한국에 다시 돌아가도 난 내가 하고 싶은 것을 할 수 있을 것 같았다. 그리고는 기세등등하게 정인이에게 말했다.

"정인아 나 아직 긁지 않은 복권이야.

이 8유로 잘 기억해.

이 동전으로 나중에 나를 긁어!

혹시 알아 8유로가 800만 유로가 되어 있을지"

강도의 선물

여행 1년 3개월 차.

호주를 시작으로 뉴질랜드, 남태평양의 섬나라들, 남미, 북미를 거치고 유럽에 이르기까지 많은 나라들을 경험해 왔고 아프리카만을 남겨두고 있었다.

운이 좋았다. 각국을 여행하며 단 한 번도 소매치기를 당했다거나 직접적인 위해로 피해를 본 적이 없었다. 위험하다고 소문난 베네수엘라에서도 별문제가 없었고 남미나 미국을 여행했을 때도 무탈하게 넘어왔다. 그래서인지 유럽으로 넘어와서는 긴장이 많이 풀려 있기도 했다.

프랑스에서 차를 렌트해서 3개월간 유럽 자동차 여행을 하고 다녔다. 유럽 여행 마지막 종착지는 이탈리

아였고 렌트한 자동차 반납을 며칠 남겨둔 시점에 결국 일이 터졌다.

이탈리아 피사.

'피사의 사탑'을 보기 위해 공영주차장에 주차를 했다. 우리는 해맑게 사진도 찍고 관광을 즐겼다. 실제로 보니 더 멋진 것 같아 직접 올라가 보기도 하며 계획했던 시간보다 더 오래 있었다. 그래도 상관은 없었다. 우리는 차가 있으니 그냥 좀 늦게 숙소에 돌아가면 될 뿐이었다. 해가 지고 금세 어두워지기 시작하자 주차했던 공영주차장에 돌아왔다.

"뭐야? 우리 차 왜 이래?"
"아 어떻게... 다 털렸어..."

깨져 있는 자동차 창문.

차 안에 두었던 모든 짐들이 사라져 버렸다. 원래 같았으면 귀중품들을 들고 다녔을 텐데 확실히 긴장이 풀렸는지 차 안이 안전하다고 생각하고 많은 것들을 두고 내렸었는데 한순간 다 사라져 버렸다. 트렁크에 있던 여행용 배낭과 캐리어 그 속에 있던 우리의 옷과 현금 그리고 제일 중요한 여권과 정인이의 스마트폰까지 모조리 털어갔다.

"결국 한번은 사고가 터지네"
"웃음 밖에 안 나온다 진짜"

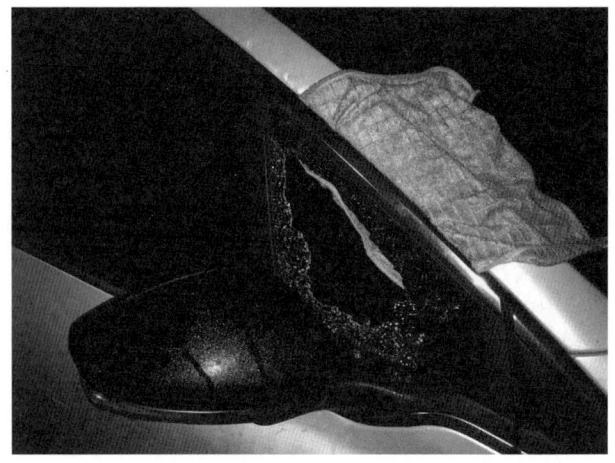

황당한 상황에 우린 서로의 얼굴을 보고 헛웃음만 지었다. 가장 가까운 경찰서에 가서 상황을 설명하고 해결해 줄 수 있는지 기대했지만 그들은 이런 일은 너무 흔하다는 듯 컴퓨터 모니터만 보며 폴리스 리포트 써 줄 테니까 여행자 보험 청구해라는 말만 해줄

뿐이었다.

"찬이야 우리 망했다 그치?"
"근데 넌 표정이 왜 이리 밝아?"
"몰라 나도. 이런 일 겪으면 되게 난감하고 힘들 줄 알았는데 오히려 홀가분한 마음이 들어. 나 미쳤나 봐"
"너 좀 그래 보여..."

자동차 강도가 남기고 간 서늘한 경험에 무서워할 줄 알았지만 오히려 그녀의 표정은 덤덤한 것을 넘어 편안해 보였다.

'지금 생각해도 그녀는 좀 제정신은 아닌 것 같다.'

우리는 그렇게 유리창이 깨진 상태로 차를 타고 꾸역꾸역 여행을 이어 나갔다. 로마에 위치한 한국 대사관을 찾아가 임시 여권을 발급받고 강도에게 털리기 전에 예약해 둔 아프리카 이집트로 향했다.

입고 있는 옷 한 벌, 신용카드 그리고 나의 스마트폰. 우리가 가진 전부였다. 우린 그 꼴을 한 채로 이집트에서 2주를 더 보냈다.

"생각보다 많은 것이 필요하지가 않아. 우린 더 이상 털릴 것도 별로 없어"

이집트에서 머무는 기간 동안 우린 가진 게 거의 없었다. 그야말로 '무일푼의 단벌 신사'.

편리함을 위해 가지고 다녔던 짐들이 없어지니 아이러니하게도 가장 편안해지는 기분을 느꼈다. 우리가 그토록 부르짖던 '낭만'과 '자유'란 향기가 강도에게 다 털리고 나니 비로소 가장 강하고 진하게 풍기고 있었다. 그렇게 자의 반 타의 반으로 우리의 세계여행은 끝이 났고 우린 일상으로 돌아왔다.

내가 경험했던 감격스러운 순간들을
적어도 너는 공감해 줄 수 있음에
나와 너의 일상은 매번 우리의 이야기들로
새롭게 재생되고 있다.

그거면 됐다.

Part 5

BLOSSOM

합 격

이탈리아에서 자동차 강도에게 털리는 바람에 아프리카 여행을 이어 나가지 못하고 예상보다 한국에 일찍 돌아오게 되었다.

1년 3개월 만에 돌아온 한국은 깨끗하고, 빠르고, 바빴다. 내가 이 속도감 속에서 어떻게 살았었나 싶은 이질감이 시차 적응보다 더 강하게 먼저 왔다.

우리에게 한국은 곧 현실이었다. 귀국하자마자 가장 먼저 간 곳이 PC방. 당장 내일부터 먹고살아야 했기에 5시간 정액권을 끊어 놓고 구직 사이트를 넘나들며 지원서를 썼다. 5시간 동안 엄청난 집중력으로 말한마디 없이 돌아온 현실을 체감하고 있었다.

정인이는 스마트폰을 잃어버린 채 1달 넘게 있다 보니 자신에게 어떤 연락이 와있었는지 확인할 수도 없었다. 그러다 한국에 돌아와서 오랜만에 자신의 메일을 열어보았는데 예전 직장에서 다시 복직할 의사가 있는지 제안하는 메일이 와 있었던 것이다. 놀랍게도 메일을 보내온 지 꽤 된 상태라 해당 일까지 연락이 없으면 새로운 사람을 뽑겠다는 내용이 적혀 있었다. 그 해당일이 메일을 확인한 시점에 거의 임박해 있었다.

역시 그녀는 능력자다. 감사패까지 받으며 그만둔 직장에서 여행하고 돌아오니 더 좋은 조건으로 같은 회사에 재취업을 하게 된 것이다. 언제나처럼 그녀는 쏜살처럼 빠르고 예리하게 슈욱 먼저 날아갔다.

여독은 이제 온전히 내 몫이다. 조금 더 그녀와 함께 우리 여행의 여운을 느끼고 싶기도 했다. 하지만 현실을 자각해야 했다. 현실은 34세 여행 다녀온 남자 그 이상 그 이하도 아니었다.

그렇다고 예전처럼 무조건 취업만 하면 만사 오케이라고 생각할 만큼 난 그렇게 순진하진 않았다. 정말 후회하지 않을 일을 하고 싶었다. 그리고 솔직하게 나 자신을 돌아보며 나름대로의 기준을 세웠다.

1. 내가 정말 하고 싶은 일인가?
2. 안정되게 할 수 있는 일인가?
3. 타인에게도 유익한 일인가?

이 3가지의 기준을 세우고 그것에 걸맞은 직업을 생각해 보았다. 우선, 난 어렸을 때부터 자동차를 좋아했기에 그것과 관련된 일을 하고 싶어 했다. 그래서 전 직장을 퇴사하고 여행을 가기 전 몇 달의 시간 동안 '자동차 정비 기능사' 자격증을 따기도 했었다. 그것이 자신감이 되어 자동차를 직접 운전하며 세계 여행을 했었는데 그 시간이 너무 즐거웠다.

운전과 관련된 일들을 찾아보니 택시, 버스 등이 나왔다. 그런 직업들도 좋지만 좀 더 안정되고 공익적인 일은 없을까 고민하던 찰나에 공항에 내려 서울에서

부산으로 타고 왔던 'KTX'가 생각이 났다. 'KTX'? 이
거는 거의 차의 끝판왕 아닌가? 나 같은 일반인도 운
전할 수 있나? 심장이 요동친다. 확실한 설렘이다. 기
차를 운전한다는 생각은 해본 적이 없었는데 만약 일
반인도 가능한 영역이라면 내가 설정했던 조건에 딱
부합하는 직업이라고 생각했다.

찾아보니 12일 후에 일반인 과정 전동차 면허 아카데
미 입교 시험일이 있었다. 시험 과목은 '철도안전법'.
12일 만에 생소하고 두꺼운 철도안전법을 공부해서
과연 합격할 수 있을까? 정인이에게 전화를 걸었다.

"정인아, 기차 면허 따려면 아카데미에 입교해서 5
개월 정도 교육받고 수료하는 과정이 필요한데 그 입
교 시험이 당장 12일 후야. 그냥 다음번 일정을 노리
는 게 낫겠지?"
"빠듯하긴 하네. 그래도 한번 쳐봐. 뭐 하러 다음을
기약해"

내심 이번에 시험을 치는 건 무리라고 다음을 노리라고 말해주길 기대했지만 그녀는 가차 없었다. 그날부터 시험이 있는 날까지 밤낮없이 원룸에 틀어박혀 철도안전법을 공부 했다. 긴 시간 여행을 하며 머리를 깨끗하게 비우고 와서인지 하면 할수록 희망이 보였다.

 운이 좋게도 단번에 아카데미에 합격할 수 있었고 기차 면허를 취득하게 되었다. 문제는 원하는 공기업에 입사하는 관문이 또 하나 남아있었다. 설상가상으로 '코로나'가 창궐하던 시기와 맞물려 입사 시험 일정이 무기한 연기되며 나의 백수 시기는 더 길어져야 했다.

 입사 시험을 준비하는 과목도 만만치 않았는데 문과 전공자인 나에게는 생소한 '전기 일반'과 '기계 일반'에 관한 시험이었다. 전기와 기계는 문과생에겐 대척점에 있는 분야라 처음엔 공부할 엄두가 나지 않았다. 지칭하는 용어부터 모든 게 생소했기에 공부하는 시간이 매우 더디게 흘러갔고 언제 발표될지 모르는 시험 일정에 꽤나 전전긍긍하며 마음을 졸이기도 했

다. 공부할 분량이 너무 많다 보니 당장 합격할 자신
도 없었다.

"정인아. 나 이번에 합격할 수 있을까? 이거 무리야"

"너? 당연히 합격하지 뭔 걱정?"

"야 네가 몰라서 그래. 합격 후기 찾아봐도 1년 안에
면허 따고 바로 합격하는 경우는 없어. 거의 전공자들
이고 기본 2~3년은 준비하고 입사 하더라"

"아~ 마 모르겠고 그냥 합격할 거니까 걱정할 시간
에 공부나 해"

"야 너는 뭐 어디 근거가 있어서 그렇게 단정하는
거야? 아니면 그냥 나 자신감 불어넣으려고 립 서비
스하는 거야?

"찬이야 내가 립 서비스하는 거 봤어? 나 그런 거 못
하는 사람인 거 잘 알잖아"

"근데 넌 어떤 근거로 그렇게 장담하는데?"

"근거가 있지! 난 네가 열망하는 것을 해내지 못하는
걸 본 적이 없어. 그래서 이번 이 시험도 합격할 거야"

그녀의 목소리에는 어떤 감정이나 어조도 담겨있지
않다. 표정의 변화도 없다. 그냥 담담하게 일정한 톤

으로 나의 합격을 장담하는 말. 그 어떤 파이팅보다 강한 힘이 실린 돌직구를 맞은 듯한 전율.

입사 시험 일정이 발표되고 한 달 남짓 시간이 남았을 무렵 난 막판 스퍼트를 하고 있었다. 독서실에서 새벽까지 공부를 했었는데 그녀는 나를 위해 일부러 본인도 독서실 옆자리를 끊어서 내가 외롭지 않게 계속 함께해 주었다. 밤 10시가 되면 잠을 자야 하는 그녀임에도 내 옆에서 자리를 지키며 새벽까지 책상에 엎드려 잠을 자면서 묵묵히 나를 응원했다. 나 자신도 잘 모르는 나의 가치를 알아주는 사람. 그 사람이 지금 내 옆에서 함께 있다는 것보다 더 큰 감동은 없을 것이다.

난 무조건 합격해야만 했다. 허리가 끊어질 듯 아프고 눈이 빠질 듯 두통이 있었지만 하루라도 빨리 이 시기를 잘 넘기고 그녀의 확신이 맞았다는 것을 증명해 보이고 싶었다.

결과는 최종 합격!

2020년. 35세에 내가 원하는 새로운 직업을 가지게
되었고 그녀는 그런 나를 꼭 안아 주었다.

"내가 너 합격할 거라고 했지?"
"만약에 이번에 떨어졌으면 어쩔 뻔했냐 진짜"
"안되지~ 떨어지면"
"야! 그래도 나 열심히 했다"
"열심히 하는 게 중요한 게 아니라 잘 해야지"
"……"

"잘했어. 수고했어."

활짝 핀 들꽃

직장이 경기도로 발령이 나고 그녀는 부산에서 일을 하고 있었기에 우린 의도치 않게 '장거리 커플'이 되어버렸다.

10년 동안 이렇게 멀리 떨어져 있어 본 적이 없는 우리였기에 '롱디(Long Distance) 연애'가 그리 달갑진 않았다. 그나마 다행인 점은 기관사가 된 덕분에 일반 직장인보다는 원활하게 부산을 오갈 수 있었지만 예전처럼 자주 보진 못했다.

한 달에 2~3번 부산에 가고 있다. 그녀와 함께 있는 시간은 나에겐 너무 찰나 같다. 오래 만났지만 돌아보면 언제 이렇게 시간이 흘렀나 싶을 만큼 늘 우리의 시간은 짧다. 퇴근 후 혼자 오피스텔에 있을 때면 많은 생각들이 밀려왔다.

직업적으로도 만족도가 높았고, 그녀와의 관계도 아무 문제가 없었으며 우리 가족 모두 별 탈 없이 건강하고 평온한 상태의 나날들이었다. 평범한 일상이 얼마나 행복한 축복인지 난 여행을 하며 크게 깨달았음에도 나의 마음 한편에는 조금 더 성장하고 싶다는 생각들이 스멀스멀 올라왔다. 더 나이가 늘기 전에 무엇인가 더 이루어야 할 것만 같은 강박이 차오르면서 동시에 약간의 우울감도 느껴졌다.

뭔가 내 인생이 이렇게 그냥 결정 나 버린 것 같다는 아쉬움과 그러기엔 난 아직 젊고 하고 싶은 것들이 많은 데라는 욕심이 피어올랐다.

"정인아? 내 인생에도 꽃피는 날이 올까?"
"꼭 피어야 해?"
"한번은 화려하게 꽃 피고 싶어"
"장미꽃 같은 꽃만 피는 게 아니야. 들꽃도 피는 거야. 다만 이름이 없고 사람들이 몰라줘서 그렇지"

"그럼 난 들꽃이야?"

"아니! 넌 내가 알잖아. 들꽃은 아무도 몰라. 폈는지 안 폈는지... 관심도 없어. 그렇다고 그게 의미가 없는 걸까?"

"들꽃..."

"그리고 너 충분히 피어 있어"

꽃은 알까? 자신이 활짝 핀 상태라는 것을. 어느 들판에 피어나는 이름 없는 꽃. 그 꽃에만 유달리 한 꿀벌이 날아온다. 그것도 15년째. 그리고 꽃은 꿀벌에게 말한다.

꽃　　："야 꿀벌! 넌 왜 나한테만 날아오냐?"

꿀벌 : "넌 한결같이 피어있으니까 눈에 잘 띄어!"

꽃　　："거짓말! 나 아직 꽃봉오리도 안 폈어"

꿀벌 : "너 바보니? 꽃도 안 폈는데 내가 왜 굳이 너
　　　한테 꿀 빨러 오겠어?"

꽃은 꿀벌이 날아와 알려준 덕분에 알게 되었다.
자신이 피어진 상태라는 것을.
그리고 꿀벌도 알았다.
이 꽃을 자신이 피우게 했다는 것을.

프러포즈 예고제

"근데 너희는 왜 결혼 안 해?"

15년 연애하며 적어도 이 말을 300번 이상은 들었을 거라 확신한다. 한 사람당 1년에 10번은 넘게 들었으니 이 정도면 '귀에 못이 박히게 들었다'는 말을 할 만하다. 이 말에 생략된 문구가 하나 더 있는데 (그렇게 서로 사이가 좋으면서)가 괄호 안에 들어있다.

우린 15년을 만난 '초장기 연애 커플'치고 믿기 어려울 만큼 사이가 좋다. 한 번의 이별이 있었지만 다시 재회한 이후 사이는 더 좋아졌다. 싸운 적도 거의 없고, 우리끼리 노는 게 여전히 제일 재밌다. 도대체 왜 결혼을 안 하냐고 물어오는 질문에는 어떻게 대답해야 할지 몰라

"모르겠다. 때가 되면 하는 거고" 하며 상투적인 화법으로 어물쩍 넘겨 버리곤 했다.

2017년 세계여행을 떠나기 전, '결혼'이라는 카드를 만지작거리긴 했었다.

"정인아? 우리 결혼하고 세계여행 갈까?"
"글쎄 꼭 결혼이라는 제도 안에 갇힐 필요가 있을까?"
"그래도 우리가 결혼하고 여행을 가면 타국에서 싸우거나 실망하더라도 쉽게 헤어지고 그러진 않을 거 아냐"
"좀 싸웠다고 헤어지는 그 정도 관계면 더더욱 결혼을 하고 가면 안 되지!"

7년 전 잠시 집어 들었던 결혼이란 화두는 시간이 흐르면서 점차 둔감해져 갔다. 결혼을 하기 싫어서라기보다는 지금도 충분히 만족할 만큼 좋기 때문에 더 큰 변화의 필요성을 느끼지 못했다.

좀 더 솔직하게 말하자면, 나는 어렴풋하게 결혼을 하긴 해야 될 텐데...라는 생각은 했었지만 그 생각에 빠지면 따라오는 책임감과 갖가지 복잡한 과정들이 무거워져 애써 외면하고 접어두었다.

그녀의 경우 '결혼'이라는 제도 안에 묶이기보다는 평생 연애만 해도 지금 우리의 모습처럼 서로 사랑하며 지속될 수 있는 관계를 가장 선호하였다. 이렇게 사뭇 다른 생각들도 우리의 결혼이 정체되는 이유이기도 했다.

'정체된 시간'은 흐르고 흘러 2023년 새해가 밝아왔다. 잠깐만! 그럼 이제 우리 나이가 몇 살인 거야? 내가 38살, 정인이가 37살? 맙소사. 덜컥거리는 마음과 함께 재밌는 생각이 떠올랐다. 이 압박감을 해소시킬 아이디어.

"정인아? 너 내가 프러포즈하면 받아 줄 거야?"
"글쎄 생각 안 해 봤는데"

"그럴 줄 알고 내가 생각했어. 잘 들어. 올해 12월에 내가 너에게 프러포즈를 할 거야. 딱 1년 남았지? 1년 간 충분히 생각해! 알겠지?"

"지금 프러포즈를 예고하는 거야?"

"응! 올해 12월에 난 네가 도무지 거부할 수 없는 프러포즈를 할 거야. 그러니까 너는 그동안 신중히 생각하고 나의 제안을 선택할지 말지 결정하면 돼. 중요한 건 거부해도 괜찮다는 기야! 우리는 지금노 충분히 좋으니까!"

"그래 어디 한번 해봐"

나의 아이디어는 1년간 최선을 다해서 프러포즈를 준비하고 그 이후 모든 결정은 정인이가 할 수 있도록 '책임 전가' 시키는 것이었다. 노력은 내가 할 테니 판단은 네가 해라 마인드가 되니 마음이 홀가분해졌다.

대한민국 지도를 펼쳤다.

1년은 12개월이니까 12회를 나누어 서울에서 부산까지 뛰어가는 '국토 종주 프러포즈'. 운동신경이 없는 나에게 유일한 강점이자 취미는 '오래달리기'다. 하루에 30km 이상은 달릴 수 있으니 조금만 더 노력하면 충분히 가능한 계획이었다. 예를 들어 1월에 서울 광화문에서 수원까지 달렸으면 2월에는 지난달 달리기를 마친 지점인 수원에서 다시 달리기를 이어 나갔다.

1년간 시간이 날 때마다 쉬는 날을 이용해서 달리고 달렸다. 준비물은 튼튼한 두 다리와 카메라 그리고 '우리 결혼하자'는 글자가 적힌 미니 현수막. 겨울에서 시작해 봄, 여름, 가을을 지나 다시 겨울이 올 때까지 달렸다. 길었던 우리의 연애 기간만큼이나 길고 험난한 프러포즈의 여정도 어느새 종착지가 가까워지고 있었다.

드디어 도착! 난 1년간 약 620km를 달렸다. 오로지 그녀에게 당당하게 프러포즈할 순간을 위해.

그대에게 가는 길
서울 → 부산
620km
23.01.12~23.11.05

2023년 12월 7일. 그동안 달리며 찍어 둔 영상을 편집해 미리 준비해 둔 반지와 함께 프러포즈했다. 처음이었다. 그녀가 내가 준비한 이벤트에 눈물을 흘리는 모습이.

"무슨 프러포즈가 이렇게 고되고 힘들어. 이건 거부할 수가 없잖아"

"생각해 봤어? 1년 동안 충분히 생각해 보라 했잖아"

"생각할 게 뭐가 있어. 그냥 하는 거지. 하자 결혼!

그리고 2024년 6월.

우리는 15년 만에 드디어 결혼했다.

Part 6

WE ARE

부부

10년 전, 우리의 단골 녹두빈대떡 집.

모락모락 김이 나는 빈대떡과 시원한 막걸리를 들이켜며 말했다.

"정인아? 너는 결혼 생각해 본 적 있어?"

"결혼? 생각해 본 적 없는데"

"……"

"그럼 난 어떡해?"

"뭘 어떡해. 지금처럼 잘 만나면 되지. 그런 법적 구속력이 없어도 잘 유지되는 관계가 진짜 사랑이지 않을까?"

"아 그런 거 모르겠고, 나 그럼 나중에 나이 들어서 네가 나랑 결혼 안 해주면 평생 노총각으로 살란 말이야?"

"그건 그때 가서 생각하면 돼"

"후우... 그럼 이거 하나는 약속해! 나이 40세 전 까진 결혼을 할지 말지 생각해서 말해주기로. 네가 결혼 생각이 없으면 나도 무슨 대책을 세워야 할 거 아니야"

"빈대떡이나 먹어~"

30세가 되기 직전이었던 그 당시 난 그녀와 함께 할 안정된 미래를 그리고 싶었다. 그에 반해 그녀는 그런 생각을 하지 않는 것 같아 답답한 마음에 경각심 고취 차원으로 얄팍한 엄포를 놓았다. 결국 씨알도 안 먹혔지만...

이후 우리가 맞이했던 10년이라는 시간은 마치 팔, 다리는 독립적으로 놀지만 결국 한 몸인 하나의 유기체처럼 잘 작동되게 만들었다. 변화된 시간 속에서 예전 나의 귀여운 엄포는 술김에 한 횡설수설 정도로 치부되어 기억 속에서 사라질 그 어떤 것일 뿐이었다.

그녀에겐 재밌는 구석이 있다. 기억을 잘하지 못하지만 이따금씩 기억하지 않아도 될 정보를 기억해 버리는 습성을 가지고 있다. 나는 이런 그녀에게 오징어 게임 '오일남'이라는 별명을 불러 놀리곤 하지만 때때론 등골 서늘하게 오랜 기억을 불쑥 꺼내어 놀랄 때도 있다.

"네가 40세 되기 전에는 대답해 달라고 했지? 이건 그 말에 대한 나의 대답이야"

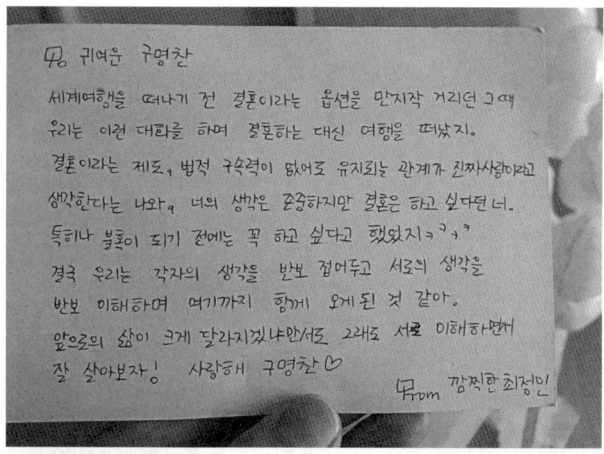

10년 전 술김에 했던 얘기를 기억하고 있었던 것이다. 그녀는 집안에 꽃길을 만들어 편지와 함께 그간 진하게 숙성시킨 묵직한 마음을 전했다.

○ 담백한 결혼 : 결혼 준비

그녀의 별명을 '오일남'이라고 놀렸지만 사실 그녀는 '오일리스녀'가 맞다. 실용성과 귀차니즘 덕에 기름기 없는 담백함과 미니멀리즘이 그녀를 묘사함에 알맞다. 비슷한 나이대의 여성들이 좋아할 수 있는 명품 브랜드에 관한 지식조차도 잘 모른다. 취향도 조금 독특하다. 검은색 가죽 재킷. 뾰족하고 번쩍이는 징 박힌 옷. 그녀의 취향이다.

아무리 그래도 결혼 선물인데 처음으로 값비싼 무엇인가 해주고 싶어서 혹시 원하는 반지 있으면 말해 달라고 했더니 며칠 후 정인이가 사진을 보내왔다.

"찬이야 프러포즈 반지로 이거 어때?"
"응? 너 이거 무슨 반지인지 알아?"

"몰라. 그냥 예쁘지 않아?"

"프러포즈반지로 크롬xx..."

"아무리 봐도 내 만족도는 이게 제일 높을 것 같은데 말이지"

"이건 프러포즈 반지 말고 그냥 선물로 사줄게 다른 거 몇 개 더 보자"

"난 이게 마음에 드는데"

"정인아? 너 이 반지 이름이 뭔지 알긴 해?"

"아니"

"프러포즈 반지로 '퍽유링' 반지를 원하는 너를 어쩌면 좋냐"

프러포즈 링으로 '퍽유링' 반지를 고른 그녀다. 내가 좀 이상해 보이는 사람이라면 그녀는 진짜 이상하다.

주위의 시선보단 자신의 만족을 더 중요하게 생각하는 그녀 덕분에 우린 보통 사람들이 결혼할 때 '이 정도'는 해야 한다는 것들을 과감하게 줄이거나 생략할 수 있었다. 따로 예물이나 예단을 하지 않았고, 흔히 말하는 스튜디오 촬영도 생략했다.

우리가 결혼을 한다고 결정한 순간 양가 부모님의 일사천리 진행도 속도감에 한몫했다. 마치 테트리스 게임에서 쌓여있던 블록들이 긴 막대기가 등장하며 한 방에 해결되듯 상견례와 예식장, 결혼 날짜 등 대부분의 것들이 순식간에 이뤄졌다.

"그래 이제 너희 제발 결혼하기만 해주라. 우리는 아무것도 바라는 게 없다"
어머님들께서 입을 모아 말씀하신 덕분에 순조롭게 진행될 수 있었다.

우리가 세계여행을 하며 셀프로 찍었던 사진들을
웨딩사진으로 대체하였고 그녀는 인터넷에서 구입한
드레스를 멋지게 소화하며 비용을 아꼈다. 어느덧 우
리는 웨딩홀에서 행진을 하고 있었고 15년의 연애는
결혼이란 새로운 챕터로 바통을 넘겨주었다.

엄마, 장모님! 같이 신혼여행 가요

"엄마! 우리랑 같이 신혼여행 가실래요?"

나와 정인이는 각자의 어머니에게 담담하게 제안 드렸다. 결코 가벼운 마음이 아닌, 그렇다고 너무 무겁지도 않게.

○ 함께할 결심

"이 멋진 곳들을 우리만 보기 너무 아까워"

세계여행 중 우리의 단골 멘트. 특히 부모님 생각이 많이 났다. 한국으로 돌아가면 우리가 다닌 여행지 중 가장 좋은 곳에 부모님을 모시고 다시 오겠다는 다짐을 했었다.

6년이 지난 2024년.

우린 결혼을 앞두고 있었고 긴 시간을 확보할 수 있는 신혼여행을 엄마, 장모님과 함께 할 결심으로 자신과의 약속을 지키고 싶었다.

"신혼여행을 어머님들이랑 같이 다녀오자!"

"정인아 너 괜찮겠어?"

"뭐 어때? 우린 이미 원 없이 여행 다녀왔잖아. 이럴 때 아니면 시간 빼기도 힘들어"

○ 뉴질랜드 캠핑카 신혼여행

우리가 여행한 30여 개국의 나라들 중 가장 인상적이었던 곳은 '뉴질랜드'였다. 화산 지형에서 느낄 수 있는 압도적 풍경, 깨끗한 자연 그리고 캠핑카 여행에 적합한 환경을 갖추고 있었다.

8년 전 캠핑카로 뉴질랜드를 여행했던 그 맛을 느끼게 해드리고 싶어 대형 캠핑카를 렌트했다. 최대 6명이 잘 수 있는 모터홈 캠핑카로 남섬 '퀸스타운'에서 시작해 북섬을 돌아 '오클랜드'에서 차량을 반납하는 13일간의 일정.

장모님은 이 여행을 위해 직장도 그만두셨고, 우리 엄마는 여행 떠나기 2주 전 급성 신우신염에 걸려 병원에 입원까지 하셨지만 출발 이틀 전 극적으로 퇴원하시는 의지를 보였다.

"와 역시 뉴질랜드가 다르네. 비행기 착륙도 엄청 부드럽네 아들아"
"엄마 아직 땅에 닿지도 않았어요"

들떠있는 엄마의 유쾌한 농담이 분위기를 올려주었다. 여행의 설렘을 느끼는 건 장모님도 비슷했다. 소녀처럼 좋아하시는 어머님들의 모습에 역시 오길 잘했다는 만족감이 차오르는 순간 그제야 우리의 발이 뉴질랜드에 닿았다.

열흘 넘게 캠핑카에서 숙식을 해결해야 하는 꽤 긴 강행군이기에 처음엔 어머님들의 체력이 버텨낼까 걱정되기도 했지만 기우였다. 굴곡진 세월을 넘어오시며 달려온 두 분의 슈퍼 적응력은 여행 내내 젊은 우리를 압도했다. 흥미롭게도 두 분이 여행을 하시며 여고생 단짝처럼 매우 친해지셔서 우리마저 웃음 짓게 만들었다.

사실 뉴질랜드 캠핑카 여행은 차에 탈 때부터 모든 순간이 목적지고 여행이기에 어디 하나 빼놓을 곳 없이 좋았다.

'와나카 호수'에서 반짝반짝 빛나는 물빛을 반사판 삼아 사진도 찍고, 하늘과 미러링 중인 '푸카키 호수'에서 신선한 연어도 먹었다.

가장 백미는 '쿡 산(Mt. Cook)'의 '후커 밸리 트레킹'. 왕복 4시간 정도의 코스로 경사가 급하지 않아 어머님들도 가뿐히 오를 수 있고 웅장한 설산 앞에 감탄사가 계속 나오곤 했다.

밤이 되면, 예약해 둔 홀리데이 파크에 캠핑카를 주차하고 공용 부엌에서 각자의 요리 실력을 뽐냈다. 그곳에서 먹은 장모님의 카레는 내 인생 카레가 됐고, 미디엄 레어로 구운 나의 안심 스테이크는 오랜만에 효자 노릇을 톡톡히 했다.

아침이 밝아오면 캠핑카 좁은 창문 사이로 노크하는 햇살에 기분 좋게 항복하고 일어났다.

○ 꿈같은 추억

모든 일정이 순조롭지는 않았다. 여행 3일차엔 폭우가 쏟아져 운전이 어려울 정도였다. 속도를 내기보단 계획한 곳을 거르더라도 안전이 최우선이었기에 무리하지 않았다.

북섬으로 이동 후 갔던 '로도루아'에서 캠핑카를 주차하다 숙소 간판과 부딪쳐 주인에게 사과하고 합당한 비용을 지불하기도 했다. 렌트할 때 보험을 들었기에 큰 지출은 막을 수 있어 다행이었다.

여행이 끝을 향할 때쯤, 배탈이 엄마를 힘들게 하기도 했다. 10시간 넘는 비행, 13일 간의 캠핑카 생활이 몸에 무리를 준 게 분명하다. 다행히 하루 만에 회복을 하셔서 큰 탈 없이 여정을 마칠 수 있었다. 이 모든 것들이 우리에겐 특별한 추억이 되었다.

역시 여행은 '어디로 가느냐' 보다 '누구와 가는가'
가 더 중요하다는 생각이 더 확고해진 시간이었다.

"엄마 이번 여행 어땠어요?"
"비현실적이었어. 꿈꾸는 것 같았어"

꿈꾼 것만 같은 뉴질랜드 여행은 끝이 났지만, 우리
의 여행은 끝나지 않았다. 이렇게 이야기로 재생되고
있으니까.

"엄마, 장모님. 우리도 함께 여행할 수 있어서 더없이 행복했어요."

사랑합니다.

느림보

나는 늘 늦었다. 4년이면 졸업하는 대학교도 8년을
다녔고, 직업을 바꾼 탓에 10년 넘게 아직도 신입사
원이고, 무엇보다 15년이나 연애하고 이제야 결혼을
한다. 변화에 발 빠른 한국에서 서식하기 힘든 돌연변
이 느림보가 나다.

"그래. 맞아 나도 늦었어."

오늘도 혼잣말로 중얼거린다.
'맞아'.
나와 비슷한 느림보들에겐 맞장구의 의미가, 그런
나를 지지하는 내 가족과 친구들로부터는 등짝 한 대
'맞아야' 하는 일깨움의 단어가 된다.
부모님이 힘들게 대학 등록금을 마련해 주셨는데

입학식 날 등록금 빼고 돌아와 재수를 선언했다. 그렇게 공부시켜서 대학 보내고 취직해서 이제야 사람 구실 좀 하나 싶었더니 내 길이 아닌 것 같다며 그만두고 정인이와 세계여행을 떠났다. 남들은 열심히 일해서 돈 모으고 결혼을 준비할 중요한 시기에 난 다시 또 방황을 선택했다. 그 대가는 나이가 들어가고 또래 친구들과 격차가 벌어질수록 냉혹하게 치러야 했다.

○ 눈물 젖은 빵

2018년. 33세. 세계여행을 하면서 모아둔 돈을 많이 쓰기도 하였고 남은 돈마저 강도에게 털리며 빈털터리로 한국에 돌아왔다. 지구가 다 내 세상인 것만 같던 꿈에서 깨니 월세 23만 원 5평 남짓한 원룸이 내게 허락된 공간이었다. 현실이 찾아온 것이다.

평일 새벽에는 편의점에서 아르바이트를 하며 유통기한이 지난 폐기 음식으로 끼니를 해결하였고, 토요일 오전이면 학교 도서관 앞에 교회에서 나온 분들이 무료로 나눠주는 빵으로 배를 채웠다. 단팥빵과 소보

로빵 중 하나를 선택해야 했는데 그걸 고민하며 기뻐하는 내 모습이 도서관 유리문에 비칠 때면 애써 외면하려 했다.

역시, 세상에 공짜는 없다. 하필이면 그날 빵을 나눠준 교회 신도들이 단체로 코로나에 걸렸다는 뉴스가 나왔고 설마 하며 다급하게 쓰레기통을 뒤져 빵 봉지를 확인해 보니 해당 교회 스티커가 붙어져 있었다. 그것도 모르고 배급을 받았던 난 2주간 원룸에서 자가 격리를 해야만 했다.

약간 멍해지고 조금 서글펐다. 자가 격리를 해서가 아니라 한국에 온 뒤로 계속 원룸에서 '자체 격리'된 생활을 해왔기에 일상에 아무런 변화가 없다는 것이... 마치 사회 속에서 나라는 사람이 존재하는지도 모르는 무영양가 인간이 된 느낌이 들었다.

나의 눈물 젖은 빵의 역사는 이것이 끝이 아니다. 하루는 공부하느라 고생 많다고 정인이 어머님께서 내가 사는 원룸에 사과즙 한 박스를 보내주셨다. 그 사과즙 한 첩을 안주머니에 넣고 새벽 편의점 오픈을 하며 여느 때처럼 폐기된 빵과 사과즙을 꺼내는 순간 갑자기 눈물이 차올랐다. 제대로 자리 못 잡고 있는 딸의 남자친구가 뭐가 예쁘다고 이렇게 챙겨 주시고 마음을 써주실까 고마움과 미안함이 뒤섞인 눈물이었던 것 같다.

'**빵점**'이었다. 아들로서도, 남지친구로서도, 예비 사윗감으로서도 난 좋은 점수를 받기 어려웠다. 돈을 아끼려고 가계부 앱을 사용하기 시작했는데 그 앱에는 재밌는 기능이 있다. '내 자산 순위'를 나타내 주는 지표다.

「'명찬'님은 30대 남성 상위 98%에 속해요.」

처음엔 상위라는 단어에 좋아하려다 잠깐만, 나 그럼 하위 2%란 소리잖아. 아무리 마음씨 좋은 부모님이라도 하위 2% 자산을 가진 앞으로의 미래도 막막해 보이는 남자친구에게 당신의 귀한 딸을 허락하기가 쉬울까? 내세울 거라곤 오래 만나왔다는 것 말곤 없어 보였다. 빵점도 과하다. 마이너스를 줘도 할 말이 없다.

진짜 한 대 맞아야 했다.

○ 헤매다 해내다

'헤맴'

내가 살아온 시간을 단 한 글자로 표현한다면 이 단어보다 적합한 단어를 찾긴 어려울 것 같다. '고난'이라 칭하기엔 평범했고, '역경'이라 할 만큼 거창하지도 않았다. 이건 그냥 '헤맴'이 맞다.

돌이켜보면 뭐 하나 수월하게 넘어간 적이 없었다. 어릴 적부터 병치레가 잦아 늘 병원을 수시로 들락거려야 했고 대학교 입학도, 회사 입사도 나에게만 바늘구멍 같았다. 그마저도 그만두고 세계 여행을 하며 떠돌다 이제 곧 마흔, 난 아직도 헤매고 있다.

이런 '프로 헤맴러'인 나와 기꺼이 함께 헤매주는 사람. 나와 같이 걸으면 헤맴이 불가피하다는 걸 알면서도 기어코 15년째 손 꼭 붙잡고 함께 걸어가는 길동무. 그녀가 없었다면 아마도 난 진즉에 지쳐버렸을지 모른다.

이제 더 이상은 헤매는 내가 싫지도 두렵지도 않다. 헤맸다는 것은 무엇인가 찾기 위해 이리서리 노력했다는 뜻이고 난 결코 그 노력을 게을리하지 않았다. 나를 속이지도 않았다. 헤맴의 시간들은 늘 솔직했고 나를 알기 위해 해야만 하는 자연스러운 과정이었다는 것을 그녀와 함께한 15년이란 시간이 깨우치게 해주었다.

우리의 15년은 헤맴이란 여과지와 같다. 빵점짜리 남자친구였지만 100점짜리 로맨티시스트라고 치켜세워주는 그녀를 알아볼 수 있었던 것도, '무재능'인 내가 그녀에게 마음을 전하는 능력만큼은 천부적 재능이 있다는 것을 발견한 것도 헤맸기 때문에 가능했다.

내 나이 마흔.

이제 더 이상은 눈물 젖은 빵을 먹지 않는다.

5평짜리 원룸에서 벗어나 전국을 내 세상처럼 달리며 살고 있다.

사과즙 먹으며 느꼈던 감사함을 보답하고 싶어 홍삼액 들고 장인, 장모님 찾아뵙는 사위가 되었다.

등짝 한 대 맞아야 했던 아들은 부모님의 등 따숩고 배부른 노후를 위해 노력 중이다.

한참을 헤맸다. 이젠 해낼 차례다.

나는 오늘도 길동무와 헤매다 해내고 있다.

에필로그

여행을 떠나온 지 1년쯤 됐을 무렵, 우린 '그리스 테살로니키' 지역에 있었다. 그날은 비교적 평범한 '여행의 일상'이었다. 그러다 문득 감정이 북받쳐 오르며 운전 중에 눈물이 터져버렸다. 눈물샘에서 눈물이 워셔액처럼 솟아 나오는데 이런 적이 처음이라 너무 당황했던 기억이 난다. 옆에 있던 정인이는 티슈를 건네며 '전방 주시'를 강조했다. 갑작스럽게 터진 눈물에 서로 놀라 잠시 갓길에 차를 세우고 마음을 진정시켰다.

"뭐야? 왜 그래? 왜 울어?"
"모르겠어. 그냥 이 순간이 너무 감격스러웠나 봐"

10여 년 전. 내 소원은 자동차를 운전하며 옆에는 정인이가 타고 있고 즐겁게 드라이브를 하며 우리가 마

련한 작은 아파트에서 알콩달콩 사는 것이었다. 소박
해 보일 수도 있지만 나에게는 그 이상 바랄 게 없다
고 생각할 만큼 꼭 이루고 싶은 꿈이었다. 그런데 그
런 내가 정인이와 세계여행을 하면서 드라이브하고
있다는 생각이 드니 소원을 초과 성취한 것 같았다.

　사람의 인생에 행운의 총량이 정해져 있다면 분명
내 행운은 이미 소진된 것이 확실하다. 그리고 이에
대해 전혀 불만 없다. 충분히 다 쓰고도 남을 만큼의
커다란 행운이 찾아왔었기에 가능한 날들이었다. 그
래서 난 앞으로 펼쳐질 내 삶에 특별한 행운을 기대
하지 않는다. 그렇게 생각했더니 조금 운이 안 좋은
순간이 와도 "아 그래! 나 행운 다 썼지. 그럼 그럴 수
있지."라고 생각이 들며 마음이 편안하게 제자리로
돌아갈 수 있게 되었다. 이건 일상을 살아가는데 매우
큰 변화이자 행복의 포만감으로 다가온다.

　사람들이 하는 '연애'에 관한 조언 중 하나가 '최대
한 많은 사람 만나보라'는 말일 것이다. 그 말도 일리
는 있다. 시간은 유한하고 세상에는 다양한 사람들

이 너무 많은데 나에게 맞는 사람을 만나려면 빈도수를 늘리는 게 수학적으로 맞다. 하지만 그 말에는 자칫 함정이 숨어 있을 수 있다. 최대한 많이 만나면서 상대방을 향한 나의 마음이 과연 얼마나 온전해질 수 있을까? 여러 사람을 최대한 많이 알아보고 만나는 것도 의미가 있지만, 마음에 드는 한 사람을 오래 그리고 온전히 사랑해 보는 경험은 또 다른 가치를 가진다고 생각한다.

난 한 사람을 15년간 사랑해 오고 있지만 지루하거나 다른 이성을 만나보지 못한 것에 대한 후회 혹은 아쉬움이 조금도 없다. 이 한 사람을 알아가는 데에도 너무 오랜 시간이 걸렸고 아직도 파악 중이며 그 과정이 너무 재밌고 소중하기 때문이다.

『그녀는 생각을 잘 하지 않지만, 속이 깊다.
그녀는 그리 유식하진 않지만, 지혜롭다.
그녀는 화장을 자주 하지 않지만, 특유의 멋이 있다.』

이 외에도 수없이 많은 그녀의 이면들.

내가 그녀와 짧게 만났더라면 결코 알지 못했을 그녀의 진짜 모습을 알아가는 게 좋다. 이를 위해선 용기가 필요하다. 나를 내던질 용기. 지속적이고 투명하게 상대에게 나의 마음을 내보일 용기. 그 용기는 시간을 통해 발효되어 비로소 '진심'이 되고 그것이 통하면 사랑하는 대상의 진면목을 알 수 있게 된다.

용기가 필요한 또 하나의 시점은 끝을 맞이할 때이다. 많은 사람들이 겪는 어려움 중 하나가 오래 만난 사람과의 이별이다. 하지만 내색하거나 잘 드러내지 않는다. 요즘 사회 분위기는 그런 징징거림을 더 용납하지 않는 것 같다. 찌질했던 노래 가사가 구리고 후지다며 공감보다는 쿨한 연애를 지향한다.

얼마 전 친한 회사 동료이자 동생이 오래 만난 여자친구와 헤어졌다. 결혼식장까지 예약할 정도로 진지하게 사귀어 온 걸 알기에 난 무척 안타까웠다. 걱정된 마음으로 괜찮은지 물어봤고 그 동생은 의연하게 괜찮은 척 노력하는 게 느껴졌다. 괜찮지 않아도 된다고, 마음껏 힘들어해도 된다고 말해줬다. 그제야 털어놓는 속마음들. 무너지고 있던 속상함의 감정들. 남에게 안 좋은 에너지가 옮겨질까 봐 애써 괜찮은척하느라 더 힘들어하던 동생을 안아줬다.

'쿨' 한 것이 다 '멋'있는 건 아니다. '어른스럽게'란 말도 사실 연애에는 좀 어울리진 않는다. '연애'는 감정의 비중이 비정상적으로 많이 차지하는 영역이라 오히려 '짠함'과 '찌질함'이 더 어울릴지 모른다. 적어도 나는 그랬다.

조용히 눈을 감고 떠올린다. 15년 전 그녀를 만난다. 그리고 나도 만난다. 미소가 지어진다. 우리의 짧았던 15년을 걸어갈 그들을 응원하며 감았던 눈을 뜬다.

내 앞에는 그녀가 있다. 눈이 마주치자 서로 말없이 웃는다. 손을 잡는다. 그리고 걷는다. 끝없이 펼쳐진 길을.

우리가 걸어갈 새로운 시간도 돌아보면 한없이 짧게 느껴지길 바라며.

15년의 짧은 연애

초판 1쇄 인쇄 2025년 12월 10일
초판 1쇄 발행 2025년 12월 10일

지은이   낭만찬

디자인   포레스트 웨일
펴낸이   포레스트 웨일
펴낸곳   포레스트 웨일
출판등록   제2021 - 000014 호
주소   충청남도 아산시 탕정면 용머리길 40 유니콘101 216호
전자우편   forestwhalepublish@naver.com

종이책   979-11-94741-71-8

작가님들과 함께 성장하는 출판사
포레스트 웨일입니다.
작가님들의 소중한 원고를 받고 있습니다.
forestwhalepublish@naver.com